Alessandro Baricco

Mr Gwyn

Traduit de l'italien
par Lise Caillat

Gallimard

Titre original :

Mr GWYN

© *Alessandro Baricco, 2011.*
Tous droits réservés.

© *Éditions Gallimard, 2014, pour la traduction française.*

Écrivain, musicologue, auteur et interprète de textes pour le théâtre, Alessandro Baricco est né à Turin en 1958. Dès 1995, il a été distingué par le prix Médicis étranger pour son premier roman, *Châteaux de la colère*. Avec *Soie*, il s'est imposé comme l'un des grands écrivains de la nouvelle génération. Il collabore au quotidien *La Repubblica* et enseigne à la Scuola Holden, une école sur les techniques de la narration qu'il a fondée en 1994 avec des amis.

Tout commence par une interruption

PAUL VALÉRY

1

Tandis qu'il marchait dans Regent's Park — le long d'une allée qu'il choisissait toujours, entre toutes —, Jasper Gwyn eut soudain la sensation limpide que ce qu'il faisait chaque jour pour gagner sa vie ne lui convenait plus. Plusieurs fois cette pensée l'avait déjà effleuré, mais jamais avec la même netteté ni la même agilité.

Aussi, de retour chez lui, il se mit à écrire un article qu'il imprima, glissa dans une enveloppe, pour ensuite aller le déposer personnellement, traversant toute la ville, à la rédaction du *Guardian*. Ils le connaissaient. Occasionnellement il collaborait avec eux. Il demanda s'il était possible d'attendre une semaine avant de publier son papier.

Ce dernier consistait en une liste de cinquante-deux choses que Jasper Gwyn se promettait de ne plus jamais faire. La première était d'écrire des articles pour *The Guardian*. La treizième, d'aller parler devant des classes en prenant un air sûr de lui. La trente et unième, de se faire photographier le menton dans la main, songeur. La quarante-septième, de se forcer à être poli avec des collègues qui en vérité le méprisaient. La dernière était : d'écrire des livres. D'une certaine manière, elle éteignait la vague lueur d'espoir que l'avant-dernière pouvait avoir laissée : de publier des livres.

Il faut dire qu'à ce moment-là Jasper Gwyn était un écrivain plutôt à la mode en Angleterre, et discrètement connu à l'étranger. Il avait débuté douze ans auparavant avec un thriller situé dans la campagne galloise en plein thatchérisme : une affaire de mystérieuses disparitions. Trois ans plus tard il avait publié un court roman sur l'histoire de deux sœurs qui décident de ne plus se voir : à travers une centaine de pages elles tentent de réaliser leur modeste désir, toutefois la chose s'avère impossible. Le livre se termine sur une scène magistrale au bout d'une jetée, en hiver. À part un petit essai sur Chesterton et deux nouvelles publiées dans diverses anthologies, l'œuvre de Jasper Gwyn s'achevait avec un troisième roman, de cinq cents pages : la placide confession d'un ancien champion olympique d'escrime, ex-capitaine de marine, ex-animateur de programmes radiophoniques. Il était écrit à la première personne et s'intitulait *Tous feux éteints*. Il commençait par cette phrase : « Souvent j'ai réfléchi à ce qu'on sème et à ce qu'on récolte. »

Comme beaucoup l'avaient remarqué, les trois

ouvrages étaient si différents qu'il s'avérait difficile de les imaginer issus de la même plume. Un phénomène plutôt curieux mais qui n'avait pas empêché Jasper Gwyn de devenir en peu de temps un écrivain reconnu par le public et respecté par une grande partie de la critique. Son talent pour raconter des histoires était d'ailleurs indéniable, et la facilité avec laquelle il savait s'introduire dans la tête des gens pour transcrire leurs sentiments particulièrement déconcertante. Il semblait connaître les mots que chacun allait prononcer, et deviner à l'avance les pensées de tout le monde. Il n'y a rien d'étonnant si, ces années-là, nombreux le voyaient raisonnablement promis à une brillante carrière.

À l'âge de quarante-trois ans, toutefois, Jasper Gwyn écrivit pour *The Guardian* un article dans lequel il énumérait cinquante-deux choses qu'à compter de ce jour il ne ferait jamais plus. Et la dernière était : d'écrire des livres.

Sa brillante carrière était déjà finie.

2

Le matin où l'article parut dans *The Guardian* — bien en évidence, avec le supplément du dimanche —, Jasper Gwyn se trouvait en Espagne, à Grenade : il avait jugé opportun, dans la circonstance, de mettre entre lui et le monde une certaine distance. Il avait choisi un petit hôtel, modeste au point de ne pas proposer le téléphone dans les chambres. Aussi, ce matin-là, on dut monter l'avertir qu'il y avait un appel pour lui, en bas, dans le hall. Il descendit en pyjama et se dirigea à contrecœur vers un vieux téléphone laqué jaune, posé sur une petite table en osier. Il colla le combiné contre son oreille et la voix qu'il entendit était celle de Tom Bruce Shepperd, son agent.

— Qu'est-ce que c'est que cette histoire, Jasper ?

— Quelle histoire ?

— Les cinquante-deux choses. Je les ai lues ce matin, Lottie m'a montré le journal, j'étais encore au lit. J'ai failli avoir une attaque.

— J'aurais peut-être dû te prévenir.

— Ne me dis pas que c'est sérieux. C'est une provocation, un pamphlet, bon sang qu'est-ce que tu me fais là ?

— Rien, c'est juste un article. Mais tout est vrai.

— Dans quel sens ?

— Je veux dire, je l'ai écrit sérieusement, c'est exactement ce que j'ai décidé.

— Tu es en train de me dire que tu arrêtes d'écrire ?

— Oui.

— Mais tu es fou ?

— Là je dois vraiment te laisser, tu sais.

— Attends une minute, Jasper, il faut qu'on en parle, si tu n'en parles pas avec moi qui suis ton agent…

— Il n'y a rien à ajouter, j'arrête d'écrire, un point c'est tout.

— Tu veux que je te dise, Jasper, tu m'écoutes ?, tu veux que je te dise ?

— Oui, je t'écoute.

— Alors écoute-moi bien, cette phrase je l'ai déjà entendue des dizaines de fois, je l'ai entendue de la bouche d'un nombre d'écrivains que tu ne peux pas imaginer, je l'ai même entendue de la bouche de Martin Amis, tu me crois ?, cela doit faire une dizaine d'années, Martin Amis me l'a dite mot pour mot, j'arrête d'écrire, et ce n'est qu'un exemple, mais je pourrais t'en donner vingt, tu veux que je te dresse la liste ?

— Je ne pense pas que ce soit nécessaire.

— Et tu sais quoi ? Il n'en est pas un qui ait vraiment arrêté, c'est impossible d'arrêter.

— D'accord, mais là je dois vraiment te laisser, Tom.

— Pas un.

— D'accord.

— Bel article, en tout cas.

— Merci.

— Un vrai pavé dans la mare.

— Ne dis pas cette phrase, je t'en prie.

— Quoi ?

— Rien. Je te laisse maintenant.

— Je t'attends à Londres, quand est-ce que tu rentres ?, Lottie serait super contente de te voir.

— Je vais raccrocher, Tom.

— Jasper, vieux frère, ne me fais pas de blague.

— J'ai raccroché, Tom.

Cette dernière phrase, toutefois, il la dit après

avoir raccroché, donc Tom Bruce Shepperd ne l'entendit point.

3

Dans le petit hôtel andalou Jasper Gwyn demeura, paisiblement, durant soixante-deux jours. Au moment de régler sa note, il avait en frais supplémentaires soixante-deux tasses de lait froid, soixante-deux verres de whisky, deux appels téléphoniques, une facture de teinturerie plutôt salée (cent vingt-neuf pièces) et la somme correspondant à l'achat d'un transistor — ce qui jette une certaine lumière sur ses inclinations.

Étant donné la distance, et l'isolement, durant tout son séjour à Grenade Jasper Gwyn n'eut pas à revenir sur son article sinon occasionnelle-ment, en lui-même. Un jour, simplement, il ren-contra une jeune femme slovène, avec laquelle il finit par avoir une agréable conversation, dans le jardin intérieur d'un musée. Elle était brillante et sûre d'elle, parlait un anglais correct. Elle lui dit qu'elle travaillait à l'université de Ljubljana, dans le département d'histoire moderne et contemporaine. Elle était en Espagne pour faire des recherches : elle étudiait le destin d'une noble italienne qui, à la fin du XIXe siècle, par-courait l'Europe en quête de reliques.

— Vous savez, le trafic de reliques, à cette période-là, était le hobby d'une partie de l'aris-tocratie catholique, lui expliqua-t-elle.

— Vraiment ?

— Peu de gens connaissent cette histoire, mais elle est fascinante.

— Racontez-moi.

Ils dînèrent ensemble, et au dessert, après avoir longuement disserté sur les tibias et les phalanges des martyrs, la femme slovène se mit à parler d'elle, en particulier de la chance qu'elle estimait avoir d'exercer le métier de chercheuse, métier qu'elle trouvait très beau. Elle ajouta que, naturellement, tout ce qui gravitait « autour de ce métier » était terrifiant, les collègues, les ambitions, la médiocrité, l'hypocrisie, tout. Mais elle dit aussi que dans son cas, trois malheureux individus ne suffiraient pas à lui faire passer l'envie d'étudier et d'écrire.

— Je me réjouis de vous l'entendre dire, commenta Jasper Gwyn.

Alors la femme lui demanda quel était son métier, à lui. Jasper Gwyn hésita un peu, puis finit par énoncer un demi-mensonge. Il dit que pendant une douzaine d'années il avait été décorateur, mais que depuis deux semaines il avait arrêté. La femme sembla déçue et lui demanda pour quelle raison il avait abandonné un travail qui devait être si agréable. Jasper Gwyn fit un vague geste en l'air. Puis il prononça une phrase incompréhensible.

— Un jour je me suis aperçu que plus rien ne m'importait, et que tout me blessait mortellement.

La femme sembla intriguée, mais il parvint

habilement à dévier la conversation sur d'autres thèmes, glissant latéralement vers la manie de mettre de la moquette dans les salles de bains, puis s'attardant sur la suprématie des civilisations méridionales qui vient de ce qu'elles connaissent le sens exact du mot *lumière*.

Très tard, ce soir-là, ils se saluèrent, mais ils le firent si lentement que la jeune femme slovène eut le temps de trouver les mots appropriés pour dire qu'il aurait été bien, cette nuit, de la passer ensemble.

Jasper Gwyn n'en était pas aussi sûr, mais il la suivit dans sa chambre d'hôtel. Puis, mystérieusement, il ne s'avéra pas compliqué de conjuguer dans un lit andalou sa hâte à elle et sa prudence à lui.

Deux jours plus tard, quand la femme slovène partit, Jasper Gwyn lui laissa une liste élaborée par ses soins de treize marques de whisky écossais.

— Qu'est-ce que c'est ? demanda-t-elle.

— De jolis noms. Je t'en fais cadeau.

Jasper Gwyn resta à Grenade encore seize jours. Puis il s'en alla à son tour, oubliant dans le petit hôtel trois chemises, une chaussette dépareillée, une canne avec un pommeau en ivoire, un bain moussant au santal et deux numéros de téléphone inscrits au feutre sur le rideau en plastique de la douche.

4

De retour à Londres, Jasper Gwyn passa ses premières journées à marcher dans les rues de la ville de façon prolongée et obsessionnelle, avec la délicieuse conviction d'être devenu invisible. Comme il avait cessé d'écrire, il avait cessé dans son esprit d'être un personnage public — il n'y avait plus de raison que les gens le remarquent, maintenant qu'il était redevenu un quidam. Il se mit à s'habiller sans réfléchir, et recommença à faire mille petites choses sans se soucier d'être présentable au cas où, à l'improviste, un lecteur le reconnaîtrait. Sa position au comptoir du pub, par exemple. Prendre le bus sans billet. Manger seul au McDonald's. De temps en temps quelqu'un le reconnaissait quand même, alors il niait être qui il était.

Il y avait un tas d'autres choses dont il ne devait plus se préoccuper. Il était comme un de ces chevaux qui, débarrassés de leur écuyer, reviennent en arrière, perdus, au petit trot, tandis que les autres sont encore à se démener pour atteindre la ligne d'arrivée avec un classement quelconque. Le plaisir généré par cet état d'âme était infini. Quand il tombait par hasard sur un article de journal ou une vitrine de librairie qui lui rappelait la bataille dont il venait de se retirer, il sentait son cœur devenir léger et éprouvait l'ivresse enfantine des samedis après-midi. Il ne s'était pas senti aussi bien depuis des années.

C'est aussi pour cela qu'il tarda un peu à

prendre la mesure de sa nouvelle vie, prolongeant cette intime sensation de vacances. L'idée, qui avait mûri durant son séjour en Espagne, était de revenir au métier qu'il exerçait avant de publier des romans. Cela ne serait pas difficile, ni désagréable. Il y voyait même une certaine élégance formelle, une sorte de balancement poétique, comme dans une ballade. Rien cependant ne le poussait à précipiter ce retour, car Jasper Gwyn vivait seul, n'avait pas de famille, dépensait peu, et en définitive il pourrait vivre tranquillement au moins un an ou deux sans même avoir à se lever le matin. Ainsi il prit son temps, et se consacra à des gestes fortuits et des affaires sans cesse reportées jusqu'alors.

Il jeta ses vieux journaux ; prit des trains pour des destinations vagues.

5

Toutefois, au fil des jours, il commença à sentir peser sur ses épaules une forme singulière de malaise qu'il peina à comprendre au début, et qu'il apprit à identifier seulement au bout de quelque temps : même s'il était ennuyeux de l'admettre, le geste de l'écriture lui manquait, et avec lui l'effort quotidien pour mettre en ordre ses pensées sous la forme rectiligne d'une phrase. Il ne s'y attendait pas, et cela le fit réfléchir. C'était comme une petite démangeaison qui survenait chaque jour et promettait d'empirer. De fil en aiguille, Jasper Gwyn se demanda s'il n'y avait pas lieu de passer en revue des métiers marginaux dans lesquels il pourrait cultiver la pratique de l'écriture, sans que cela implique nécessairement un retour immédiat aux cinquante-deux choses qu'il s'était promis de ne plus jamais faire.

Des guides de voyage, se dit-il. Mais il lui faudrait voyager.

Il pensa à ceux qui écrivaient les modes d'emploi pour les appareils électroménagers, et se demanda s'il existait encore, quelque part dans le monde, ce métier consistant à écrire des lettres pour ceux qui ne sont pas en mesure de le faire.

Traducteur. Mais de quelle langue ?

Pour finir, la seule réponse claire qui lui vint à l'esprit tenait en un mot : *copiste.* Ça lui aurait bien plu d'être copiste. Ce n'était pas un vrai métier, il en était conscient, mais il y avait une étincelle convaincante dans ce mot, qui lui donnait l'impression de chercher quelque chose de précis. Il y avait un secret dans le geste, et une patience dans la méthode — un mélange de modestie et de solennité. Copiste, il ne voulait pas faire autre chose. Et il était sûr de pouvoir le faire très bien.

S'efforçant d'imaginer ce qui pouvait bien, dans le monde réel, correspondre au terme *copiste,* Jasper Gwyn laissa glisser sur lui plusieurs jours, l'un après l'autre, de façon apparemment indolore. Presque sans s'en apercevoir.

6

De temps en temps il recevait des contrats à signer, pour des livres qu'il avait déjà écrits. Renouvellements, nouvelles traductions, adaptations théâtrales. Il les laissait sur son bureau, et pour finir il lui apparut évident qu'il ne les signerait jamais. Avec un certain embarras il découvrit que non seulement il ne voulait plus écrire de livres mais, pire, il aurait voulu ne pas en avoir écrit. Enfin, il avait eu du plaisir à le faire, mais il ne souhaitait nullement que ses textes survivent à sa décision d'arrêter; et même l'idée que ces derniers puissent avoir une vie, une force propre, dans un monde auquel lui avait définitivement tourné le dos l'agaçait. Il commença à jeter les contrats sans les lire. Tom lui faisait parfois suivre des courriers d'admirateurs qui le remerciaient poliment pour telle page ou telle histoire en particulier. Cela aussi l'irritait, et il ne manquait jamais de remarquer qu'aucun d'eux ne faisait allusion à son silence — ils ne semblaient pas en avoir été informés. Une fois ou deux il se donna la peine de répondre. Il remerciait, à son tour, avec des mots simples. Puis il signalait qu'il avait arrêté d'écrire, et saluait.

Il nota qu'à ces lettres personne ne répondit.

De plus en plus souvent, cependant, ce besoin d'écrire le reprenait, avec la nostalgie de cet effort quotidien pour mettre en ordre ses pensées sous la forme rectiligne d'une phrase. De façon instinctive, alors, il finit par compenser ce manque par un rituel privé de son invention, qui ne lui sembla pas dépourvu d'une certaine beauté : il se mit à écrire *mentalement*, pendant qu'il marchait, ou allongé sur son lit, lumière éteinte, en attendant le sommeil. Il choisissait des mots, construisait des phrases. Il lui arrivait de suivre une idée plusieurs jours d'affilée, écrivant dans sa tête des pages entières, qu'il aimait se répéter, quelquefois à voix haute. Il aurait pu tout aussi bien faire craquer ses doigts, ou enchaîner des exercices de gym, toujours les mêmes. C'était un truc physique. Il aimait ça.

Une fois il se surprit à écrire, de cette façon, toute une partie de poker. L'un des joueurs était un enfant.

Il aimait particulièrement écrire quand il était à la laverie, au milieu des tambours qui tournaient, au rythme des magazines feuilletés distraitement sur les jambes croisées de femmes qui ne semblaient cultiver d'autre illusion que la finesse de leurs chevilles. Un jour, il était en train d'écrire mentalement un dialogue entre deux amants dans lequel l'homme expliquait que depuis l'enfance il avait l'étrange faculté de rêver des gens seulement s'il dormait avec eux, et plus précisément *pendant* qu'il dormait avec eux.

— Tu veux dire que tu ne rêves que de ceux qui sont dans ton lit ? demandait la femme.

— Oui.

— C'est quoi cette connerie?

— Je ne sais pas.

— Si la personne n'est pas dans ton lit, tu ne rêves pas d'elle.

— Jamais.

À cet instant une jeune fille corpulente s'était approchée, plutôt élégante, là, dans la laverie, et lui avait tendu un téléphone portable.

— C'est pour vous, avait-elle dit.

Jasper Gwyn avait pris le téléphone.

7

— Jasper! Tu as mis l'adoucissant?

— Salut Tom.

— Je te dérange?

— J'étais en train d'écrire.

— Bingo!

— Non, pas dans ce sens.

— Pour moi il n'y a pas trente-six sens, quand on est écrivain on écrit, et puis c'est tout. Je te l'avais dit, personne n'arrive vraiment à arrêter.

— Tom, je suis dans une laverie automatique.

— Je sais, tu y es toujours fourré. Et chez toi tu ne réponds pas.

— On n'écrit pas de livres dans les laveries, voyons, et quand bien même, ce n'est pas moi qui les écrirais.

— Foutaises. Vide ton sac. C'est quoi? Une nouvelle?

Son linge en était encore au prélavage, et personne ne feuilletait de magazines autour de lui. Aussi Jasper Gwyn se dit qu'il pouvait tenter de lui expliquer. Il raconta à Tom Bruce Shepperd qu'il aimait juxtaposer des mots et assembler des phrases, comme il pourrait faire craquer ses doigts. Il le faisait dans l'ombre de son esprit. Ça le relaxait.

— Fantastique ! Je te rejoins, tu parles, j'enregistre, et le livre est fait. Tu ne serais pas le premier à utiliser un tel procédé.

Jasper Gwyn lui expliqua qu'il n'y avait pas d'histoires, que ce n'étaient que des fragments, sans début ni fin — parler de *scènes*, c'était déjà beaucoup.

— Génial. J'ai le titre.

— Ne me le dis pas.

— *Scènes de livres que je n'écrirai jamais.*

— Tu me l'as dit.

— Ne bouge pas, je règle deux petites choses et j'arrive.

— Tom…

— Je t'écoute, vieux frère.

— Qui est cette fille, là, si élégante ?

— Rebecca ? C'est une nouvelle recrue, très efficace.

— Que fait-elle à part livrer des téléphones portables dans les laveries ?

— Elle est en apprentissage, il faut bien commencer par quelque chose.

Jasper Gwyn pensa que s'il y avait un point négatif dans le fait d'avoir abandonné l'écriture, c'était qu'il n'aurait plus aucune raison de travailler avec Tom Bruce Shepperd. Il comprit qu'un jour ce dernier cesserait de le poursuivre avec ses appels téléphoniques, et que cela serait un triste jour. Il se posa la question de le lui dire. Là, à la laverie. Finalement, une meilleure idée lui vint.

Il referma le téléphone et fit un signe à la jeune fille corpulente, qui s'était éloignée de quelques pas, par politesse. Il nota qu'elle avait un très beau visage, pour le reste elle limitait les dégâts en s'habillant avec goût. Il lui demanda s'il pouvait lui laisser un message à l'intention de Tom.

— Bien sûr.

— Alors vous serez bien aimable de lui dire qu'il va me manquer.

— Bien sûr.

— Je veux dire que tôt ou tard il ne sera plus sur mes talons où que j'aille, et alors j'éprouverai un grand soulagement, comme lorsque dans une pièce le moteur du réfrigérateur s'éteint, mais en même temps ce désarroi inévitable, et la sensation, que vous connaîtrez sûrement un jour, de ne pas savoir exactement quoi faire de ce silence impromptu, et peut-être au fond de ne pas en être à la hauteur. Pensez-vous avoir compris ?

— Je n'en suis pas sûre.

— Vous voulez que je répète ?

— Je devrais peut-être prendre des notes.

Jasper Gwyn secoua la tête. Trop compliqué. Il rouvrit le portable. La voix de Tom retentit. Comment fonctionnaient exactement ces engins, il ne le comprendrait jamais.

— Tom, tais-toi un peu.

— Jasper?

— Je voudrais te dire une chose.

— Vas-y.

Il lui dit cette chose, avec l'histoire du réfrigérateur et tout le reste. Tom Bruce Shepperd toussa un coup et se tut quelques secondes, ce qu'il ne faisait jamais.

Ensuite, la jeune fille s'en alla avec cette façon un peu chaloupée qu'ont les gros de se mouvoir, mais avant elle sourit à Jasper Gwyn, pour le saluer, avec une lumière radieuse dans les yeux, ses lèvres splendides et ses dents blanches.

8

Toutefois l'hiver lui sembla inutilement long, cette année-là, et le fait de se réveiller tôt le matin sans pouvoir se rendormir, l'obscurité aux fenêtres, se mit à l'oppresser.

Un jour de froid et de pluie, il se retrouva assis dans la salle d'attente d'un dispensaire, un petit numéro dans la main — il avait convaincu le médecin de lui prescrire des examens, il soutenait qu'il ne se sentait pas très bien. À côté de lui vint s'asseoir une dame avec un caddie plein à craquer et un parapluie miteux qu'elle n'arrêtait pas de faire tomber. Une dame âgée, avec un foulard imperméable sur la tête. Elle le retira, au bout d'un moment, et dans sa façon de se recoiffer il y avait comme le reliquat d'une séduction

mise de côté depuis plusieurs années. Le parapluie continuait cependant à tomber à tout-va.

— Puis-je vous aider ? lui demanda Jasper
Gwyn.

La dame le regarda et dit que dans les dis-
pensaires il devrait y avoir des porte-parapluies,
les jours de pluie. Il suffisait que quelqu'un les
enlève quand le soleil revenait, ajouta-t-elle.

— C'est un raisonnement sensé, dit Jasper
Gwyn.

— Bien sûr que c'est sensé, insista-t-elle.

Alors elle prit son parapluie et le posa par
terre. On aurait dit une flèche, ou une ligne de
démarcation. Lentement, une flaque d'eau se
forma autour.

— Vous êtes Jasper Gwyn ou c'est juste une
ressemblance ? Elle posa cette question tout en
cherchant dans son sac quelque chose de petit.
Elle fouillait dans son bazar et leva les yeux pour
s'assurer qu'il l'avait entendue.

Jasper Gwyn ne s'y attendait pas, et dit que
oui, il était Jasper Gwyn.

— Bravo, enchaîna la vieille dame, comme s'il
avait bien répondu à un quiz. Puis elle glissa que
la scène sur la jetée, dans *Sœurs*, était ce qu'elle
avait lu de plus beau ces dernières années.

— Merci, dit Jasper Gwyn.

— Et l'incendie dans l'école aussi, au début de
l'autre livre, le plus gros, il est parfait cet incendie dans l'école.

Elle leva de nouveau les yeux sur Jasper Gwyn.

— J'ai été enseignante, elle précisa.

Puis elle sortit de son sac deux bonbons — ils étaient ronds, aux agrumes — pour lui en offrir un.

— Merci, non, vraiment, dit-il.

— Allons, ne soyez pas stupide !

Il sourit et prit le bonbon.

— Ce n'est pas parce qu'ils étaient éparpillés au fond de mon sac qu'ils sont dégoûtants, lança-t-elle.

— Non, bien sûr.

— Pourtant j'ai remarqué que les gens ont tendance à le croire.

Jasper Gwyn pensa que c'était parfaitement exact, les gens se méfient d'un bonbon trouvé au fond d'un sac.

— Je crois que c'est comme avec les orphelins, on s'en méfie toujours un peu, dit-il.

La vieille dame se tourna pour le regarder, étonnée.

— Ou la dernière voiture du métro, renchérit-elle, avec une étrange allégresse dans la voix.

C'était comme s'ils avaient été ensemble sur les bancs de l'école, et qu'ils égrenaient maintenant les noms de leurs anciens camarades de classe, les faisant ressurgir de la nuit des temps. Un moment de silence passa entre eux comme un enchantement.

Puis ils se remirent à bavarder et, lorsqu'une infirmière vint annoncer que c'était au tour de mister Gwyn, Jasper Gwyn dit que là, tout de suite, il ne pouvait vraiment pas.

— Vous allez perdre votre tour, l'avertit l'infirmière.

— Cela ne fait rien. Je peux repasser demain.

— Comme vous voulez, jeta froidement l'infirmière. Alors elle appela à haute voix un certain M. Flewer.

Pour la dame au parapluie la chose semblait tout à fait normale.

Finalement ils se retrouvèrent seuls dans la salle d'attente, et alors la vieille dame décida qu'il était grand temps de partir. Jasper Gwyn lui demanda si elle ne devait pas faire un examen ou quelque chose de ce genre. Mais elle répondit qu'elle venait là parce qu'il y faisait chaud, et que c'était exactement à mi-chemin entre le supermarché et chez elle. En outre elle aimait bien regarder le visage des gens qui s'apprêtent à faire un bilan sanguin à jeun. On a l'impression qu'on leur a volé quelque chose, dit-elle. C'est vrai, confirma Jasper Gwyn, convaincu.

Il la raccompagna chez elle, en lui tenant son parapluie ouvert, pas question de lâcher son caddie, et dans la rue ils continuèrent à parler jusqu'à ce que la dame lui demande ce qu'il était en train d'écrire en ce moment, et qu'il réponde : Rien. La dame fit quelques pas, silencieuse, puis dit : Dommage. Elle le dit sur un ton de regret tellement sincère que Jasper Gwyn s'en trouva presque peiné.

— À court d'idées ? lança-t-elle.

— Non, ça non.

— Et alors ?

— J'aimerais faire un autre métier.

— Quel genre de métier?

Jasper Gwyn marqua une pause.

— Je crois que j'aimerais être copiste.

La dame réfléchit un peu. Puis elle se remit à marcher.

— Ah, je peux comprendre, dit-elle.

— Vraiment?

— Oui. C'est un beau métier, copiste.

— C'est ce que j'ai pensé.

— Un métier *noble*, conclut-elle.

Ils se saluèrent sur les marches qui menaient chez elle, et à aucun des deux il ne vint à l'esprit d'échanger un numéro de téléphone ou de faire allusion à une prochaine fois. Simplement, à un moment donné, elle avoua sa déception de savoir qu'elle ne lirait plus de livre de lui. Elle ajouta que tout le monde n'était pas capable de s'introduire dans la tête des gens comme il le faisait, et que ce talent, il serait dommage de le mettre au garage pour le lustrer une fois par an, comme une petite Spider d'époque. Ce furent ses mots, comme une petite Spider d'époque. Elle sembla avoir fini, mais en réalité elle avait encore quelques recommandations en réserve.

— Copiste, cela consiste à copier des choses, non? demanda-t-elle.

— Probablement.

— Bien. Mais pas des actes notariés ou des chiffres, je vous en prie.

— J'essaierai d'éviter.

— Essayez de voir si vous ne pouvez pas par exemple copier les gens.

— Oui.

— Tels qu'ils sont.

— Oui.

— Vous y arriverez très bien.

— Oui.

9

Un an, un an et demi peut-être s'était écoulé depuis l'article dans *The Guardian*, quand Jasper Gwyn commença à aller mal, par moments, d'une façon qu'il lui arriva de décrire comme une absence soudaine. Brusquement, il se voyait de l'extérieur — c'est ce qu'il racontait — ou ne percevait plus rien de précis en dehors de lui-même. Parfois cela prenait des proportions impressionnantes. Un jour, il dut entrer dans une cabine téléphonique pour composer non sans difficulté le numéro de Tom. Il lui dit en bredouillant qu'il ne savait plus où il était.

— Pas de panique, j'envoie Rebecca te chercher. Où es-tu ?

— C'est bien le problème, Tom.

Pour finir, la jeune fille corpulente sillonna tout le quartier en voiture jusqu'à ce qu'elle le trouve. Pendant ce temps Jasper Gwyn était resté dans la cabine, serrant spasmodiquement le combiné en essayant de ne pas mourir. Pour se distraire, il parlait au téléphone — il improvisa un appel de protestation contre l'interruption de la distribution d'eau, personne ne l'avait prévenu et cela lui avait occasionné des dommages économiques et moraux énormes. Il répétait en boucle : Dois-je attendre qu'il pleuve pour me faire un shampoing ?

Il se sentit tout de suite mieux dès qu'il monta dans la voiture de la jeune fille corpulente.

Tandis qu'il s'excusait, il ne pouvait s'empêcher de fixer ses mains replètes qui serraient, mais le verbe n'était pas adapté, le volant sport. Il n'y avait pas de cohérence, pensa-t-il, et cela devait être l'expérience qu'à chaque instant de la journée cette jeune fille faisait de son propre corps — il n'y avait pas de cohérence entre ce dernier et tout le reste.

Mais elle sourit, de son beau sourire, et dit qu'au contraire elle était honorée de pouvoir lui venir en aide. Et en plus, elle ajouta, ça lui était aussi arrivé ; elle avait connu une période où elle s'était souvent trouvée mal comme lui.

— Tout à coup vous pensiez être sur le point de mourir ?

— Oui.

— Et comment avez-vous guéri ? demanda Jasper Gwyn qui, au point où il en était, se serait lancé dans n'importe quelle thérapie.

La jeune fille sourit à nouveau, puis resta un instant silencieuse, en regardant la route.

— Non, en fait, lâcha-t-elle finalement, ce sont des choses personnelles.

— Bien sûr, dit Jasper Gwyn.

Elles s'enroulaient. Le bon verbe était probablement celui-ci. Elles s'enroulaient autour du volant sport.

10

Les jours suivants, Jasper Gwyn s'efforça de garder son calme et, pour tenter de trouver un remède aux crises qui se faisaient de plus en plus fréquentes, il s'adonna à un exercice qu'il se rappelait avoir vu dans un film. Cela consistait à vivre lentement, en se concentrant sur chaque geste. Cette règle peut sembler assez vague, mais Jasper Gwyn avait une façon de l'observer qui la rendait étonnamment tangible. Ainsi, avant d'enfiler ses chaussures il les regardait, en évaluait la grande légèreté, et appréciait la souplesse du cuir. En les laçant, il évitait de se laisser aller à un geste automatique et observait dans le détail la splendide exécution de ses doigts, suivant une technique harmonieuse dont il admirait l'assurance. Puis il se levait et, dès ses premiers pas, il ne manquait pas de noter l'ajustement parfait de la chaussure sur le cou-de-pied. De la même manière, il se concentrait sur les bruits auxquels d'habitude on ne prête pas attention, redécouvrant le cliquetis d'une serrure, le crissement du scotch ou le vulgaire sifflement métallique d'une fermeture Éclair. Il passait un temps fou à s'imprégner des couleurs, même quand cela n'avait aucune utilité, et en particulier il s'attachait à admirer les compositions aléatoires engendrées par l'agencement des choses entre elles — que ce soit à l'intérieur d'un tiroir ou sur l'espace d'un parking. Souvent il comptait les objets et les sons qui l'entouraient — marches d'escalier, réverbères, cris — et parcourait de ses mains toutes les surfaces, explorant l'infini compris entre le rugueux et le lisse. Il s'arrêtait pour regarder les ombres, par terre. Il faisait rouler chaque pièce de monnaie entre ses doigts.

Tout cela donnait à ses mouvements quotidiens une allure somptueuse, une allure d'acteur ou d'animal africain. Dans sa lenteur élégante, les autres croyaient reconnaître le temps naturel des choses, et dans la précision de ses gestes affleurait une autorité sur les objets que beaucoup avaient oubliée. C'est à peine si Jasper Gwyn s'en apercevait, en revanche il était clair pour lui que cette vie minutieuse lui permettait de retrouver un certain équilibre — ce centre de gravité qui manifestement avait fini par lui manquer.

11

Cela dura environ deux mois. Puis, fatigué, il reprit sa vie habituelle, mais aussitôt cet état d'évanescence redouté le rattrapa et, sans possibilité de se défendre, un sentiment de vide incurable l'assaillit. D'ailleurs cette attention excessive dans son appréhension du monde —

cette façon de lacer ses chaussures — n'était en définitive pas si éloignée du fait d'*écrire* les choses au lieu de les *vivre* — de s'attarder sur les adjectifs et les adverbes —, et ainsi Jasper Gwyn dut admettre au fond de lui que l'abandon des livres avait créé un vide dans sa vie qu'il ne savait combler sinon à travers des rituels substitutifs imparfaits et provisoires, comme le fait d'assembler des phrases dans son esprit ou de lacer ses chaussures avec une lenteur idiote. Il avait mis des années à admettre l'idée qu'écrire lui était devenu impossible et maintenant il se trouvait forcé de constater que sans ce métier il lui était très difficile d'aller de l'avant. Il finit donc par comprendre qu'il était dans une situation que partagent beaucoup d'êtres humains, mais pas moins douloureuse pour autant, à savoir : la seule chose qui nous fait sentir vivants est aussi ce qui, lentement, nous tue. Les enfants pour les parents, le succès pour les artistes, les sommets trop élevés pour les alpinistes. Écrire des livres, pour Jasper Gwyn.

Comprendre cela lui donna la sensation d'être perdu, et sans défense comme seuls l'éprouvent les enfants, les enfants intelligents. Il se surprit à suivre un instinct qui ne lui était pas familier, une sorte de nécessité impérieuse de parler à quelqu'un. Il y réfléchit un peu et l'unique personne qui lui vint à l'esprit fut la vieille dame au foulard imperméable, là-bas, au dispensaire. Il aurait été bien plus naturel d'en parler avec Tom, il en était conscient, et l'espace d'un instant il envisagea même de demander conseil d'une manière ou d'une autre à l'une des femmes qui l'avaient aimé, et qui aurait certainement été ravie de l'écouter. Mais la vérité est que la seule personne avec laquelle il avait vraiment envie de parler de cette histoire était la vieille dame du dispensaire, oui, elle, avec son parapluie et son foulard imperméable. Il était sûr qu'elle comprendrait. Au bout du compte, Jasper Gwyn se fit prescrire de nouveaux examens — ce n'était pas difficile, sur la base de ses symptômes — et il se remit à fréquenter la salle d'attente où il l'avait rencontrée ce fameux jour.

Durant les heures qu'il passa dans ce lieu à l'attendre, les trois jours de ses examens, il prit le temps de réfléchir à la manière dont il lui expliquerait toute l'histoire, et bien qu'elle persistât à ne pas se montrer, il se mit à lui parler comme si elle était là, et à écouter ses réponses. Ainsi, il saisit bien mieux tout ce qui le consumait, et une fois il imagina distinctement la vieille dame sortir de son sac un petit livre, un vieux calepin sur lequel étaient venues se coller plein de miettes, de biscuits probablement — elle l'avait ouvert en cherchant une phrase qu'elle avait notée, et quand elle l'avait trouvée elle avait approché ses yeux de la page, vraiment très près, et l'avait lue à voix haute.

— *Ce n'est jamais qu'à cause d'un état d'esprit qui n'est pas destiné à durer qu'on prend des résolutions définitives.*

— Qui a dit ça ?

— Marcel Proust. Il ne se trompait jamais, celui-là.

Et elle referma son petit carnet.

Jasper Gwyn détestait Proust, pour des raisons qu'il n'avait jamais souhaité approfondir, mais cette phrase il l'avait retenue des années plus tôt, persuadé qu'un jour ou l'autre elle pourrait lui être utile. La voix de la vieille dame l'enveloppait d'une aura inattaquable. Alors que dois-je faire ? se demanda-t-il.

— Le copiste, pardi, répondit la dame au foulard imperméable.

— Je ne suis pas sûr de savoir ce que cela signifie.

— Vous le découvrirez. Le moment venu, vous le découvrirez.

— Vous me le promettez ?

— Je vous le promets.

En sortant de son test d'effort, le dernier jour, Jasper Gwyn passa à la réception et demanda s'ils n'avaient pas revu une dame assez âgée qui venait souvent là, se reposer.

La jeune fille derrière la vitre le toisa un instant avant de répondre.

— Elle s'est éteinte.

Elle utilisa précisément ce verbe.

— Il y a quelques mois, elle ajouta.

Jasper Gwyn fixa la jeune fille, désemparé.

— Vous la connaissiez ? demanda-t-elle.

— Oui, nous nous connaissions.

Il se tourna instinctivement pour regarder s'il y avait encore le parapluie par terre.

— Mais elle ne m'avait rien dit.

La jeune fille ne demanda plus rien, elle avait probablement l'intention de se remettre au travail.

— Elle ne le savait peut-être pas, dit Jasper Gwyn.

En sortant, il eut spontanément envie de refaire le chemin qu'il avait parcouru avec la vieille dame, ce jour-là, sous la pluie : c'était tout ce qu'il conservait d'elle.

Il rata sans doute une intersection, il n'avait pas été très attentif ce jour-là, ainsi se retrouva-t-il dans une rue qu'il ne reconnaissait pas, et la seule chose qui n'avait pas changé c'était la pluie, qui se mit à tomber subitement, une pluie battante. Il chercha un café où se réfugier mais il n'y en avait pas. Pour finir, en tentant de regagner le dispensaire, il passa par hasard devant une galerie d'art. C'était le genre de lieu où il ne mettait jamais les pieds, mais cette fois la pluie l'incitait à s'abriter et, par conséquent, il se surprit à jeter un coup d'œil à travers la vitre. Il y avait du parquet au sol et le local semblait très grand, bien éclairé. Alors Jasper Gwyn regarda le tableau exposé en vitrine. Un portrait.

12

C'étaient de grands tableaux, tous identiques, comme la répétition d'une ambition unique, à l'infini. Il y avait toujours une personne, nue, et pas grand-chose d'autre autour, une pièce vide, un couloir. Ces personnes n'étaient pas belles, c'étaient des corps ordinaires. Elles étaient là simplement — avec une force particulière toutefois, sortes de sédiments géologiques, fruits de métamorphoses millénaires. Jasper Gwyn imagina que c'étaient des pierres, mais des pierres moelleuses, et vivantes. Il eut envie de les toucher, il était convaincu qu'elles étaient *tièdes*.

À ce stade il aurait tout aussi bien pu s'en aller, il en avait assez vu, mais dehors il pleuvait toujours à verse, alors sans savoir que cela allait marquer sa vie, Jasper Gwyn se mit à feuilleter un catalogue de l'exposition : il y en avait trois, ouverts, sur une table en bois clair — ce genre d'épais volumes d'un poids déraisonnable. Jasper Gwyn constata que les titres des tableaux étaient ceux, un peu idiots, auxquels on pouvait s'attendre (*Homme, main sur le cœur - mains posées dans son giron*), et qu'à côté de chaque titre était inscrite la date d'exécution. Il nota que le peintre y avait travaillé durant plusieurs années, une vingtaine à peu près, sans apparemment que rien ait changé dans sa façon de voir les choses, ou dans sa technique. Il n'avait simplement jamais cessé de peindre — comme s'il ne s'agissait que d'un seul geste, très long. Jasper Gwyn se demanda si cela avait été pareil pour lui, les douze années où il avait écrit, et tout en cherchant une réponse il arriva à l'appendice du livre et, là, il y avait des photographies prises pendant que le peintre travaillait, dans son atelier. Sans s'en apercevoir il se pencha un peu, pour mieux voir. Il s'arrêta sur une photo où le peintre était paisiblement assis dans un fauteuil, face à une fenêtre, en train de regarder dehors ; à quelques mètres de lui, un modèle féminin que Jasper Gwyn venait de voir sur un des tableaux exposés dans la galerie était étendu sur un canapé, dans une position assez semblable à celle dans laquelle elle avait été figée sur la toile. Lui aussi semblait regarder dans le vide.

Jasper Gwyn découvrit alors une temporalité inattendue, l'écoulement d'un temps. Comme beaucoup, il imaginait que ce genre de chose se passait toujours de la même manière, le peintre derrière son chevalet et le modèle dans son décor, immobile, tous deux engagés dans un pas de deux dont ils connaissaient les règles — il pouvait imaginer leurs bavardages idiots, pendant ce temps-là. Mais là c'était différent parce que peintre et modèle donnaient plutôt l'impression d'attendre, d'attendre chacun de leur côté — quelque chose qui n'était pas le tableau. On pouvait penser qu'ils attendaient de se déposer au fond d'un énorme verre.

13

Il tourna la page, et les photos n'étaient pas très différentes. Les modèles changeaient, mais la situation était presque toujours la même. Une fois le peintre se lavait les mains, une autre fois il marchait pieds nus le regard baissé. Il ne peignait jamais. Un modèle très grand et anguleux, avec de belles oreilles d'enfant, était assis sur le bord d'un lit, se tenant d'une main aux barreaux. Il n'y avait pas de raison de penser qu'ils parlaient — qu'ils se soient jamais parlé.

Alors Jasper Gwyn prit le catalogue et chercha autour de lui un endroit où s'asseoir. Il n'y avait que deux petits fauteuils bleus, juste devant le bureau où une dame travaillait, dans un méli-mélo de cartes et de livres. C'était probablement la galeriste, et Jasper Gwyn lui demanda s'il pouvait s'asseoir là, ou si ça la dérangeait.

— Je vous en prie, dit la dame.

Elle avait des lunettes de vue excentriques et, quand elle touchait les choses, on devinait la précaution des femmes qui ont les ongles faits.

Jasper Gwyn s'assit, et bien que la distance entre lui et cette femme fût de celles qui n'avaient un sens qu'à la lumière d'un désir réciproque d'échanger quelques paroles, il posa le gros livre sur ses genoux et regarda à nouveau ces photos, comme s'il avait été seul, chez lui.

L'atelier du peintre y apparaissait vide et délabré, il ne présentait pas de trace d'un entretien conscient et donnait une impression de désordre irréel, car rien dans cet espace n'aurait pu, le cas échéant, être rangé. De façon analogue, la nudité des modèles ne semblait pas être l'effet d'une absence de vêtements, mais une sorte de condition originelle, antérieure à tout sentiment de honte — ou largement postérieure. Sur une des photos, on voyait un monsieur d'une soixantaine d'années, avec une moustache soignée, de longs poils blancs sur le torse, qui était assis sur une chaise, en train de boire dans une tasse, du thé sans doute, les jambes légèrement écartées, le bord extérieur des pieds posé sur le sol froid. On aurait pu le croire absolument inadapté à la nudité, au point de l'éviter jusque dans l'intimité domestique ou amoureuse, mais il était là, parfaitement nu, le pénis sur le côté, plutôt long et circoncis, et même si la situation était indubitablement grotesque, elle était en même temps tellement *inévitable* que Jasper Gwyn fut un instant persuadé d'ignorer quelque chose que cet homme savait.

Alors il leva les yeux, chercha autour de lui, et trouva tout de suite le portrait de l'homme à la moustache, très grand, suspendu au mur d'en face : c'était bien lui, sans tasse de thé, mais sur la même chaise, nu, les pieds posés un peu de biais sur le sol froid. Il le trouva énorme, mais surtout il lui parut *arrivé*.

— Il vous plaît ? demanda la galeriste.

Jasper Gwyn était en train de comprendre quelque chose de crucial, qui allait changer le cours de son existence, aussi sa réponse ne fut pas immédiate. Il regarda à nouveau la photo dans le catalogue, puis revint au tableau sur le mur — de toute évidence quelque chose s'était produit, entre la photo et le tableau, une sorte de *pérégrination*. Jasper Gwyn se dit que cela avait dû nécessiter un temps infini, une forme d'exil, et bien sûr le dépassement de nombreuses résistances. Il ne pensa pas à un artifice technique quelconque, et l'éventuelle habileté du peintre ne lui sembla pas importante non plus ; il lui vint simplement à l'esprit qu'un geste patient s'était donné un but, et qu'à la fin le résultat obtenu était d'avoir *reconduit chez lui* cet homme à la moustache. Il trouva le geste très beau.

14

Il se tourna vers la galeriste, il lui devait une réponse.

— Non, dit-il. Les tableaux ne me plaisent *jamais.*

— Ah, dit la galeriste.

Elle souriait, compréhensive, comme si un enfant lui avait annoncé que plus tard il voulait être laveur de carreaux.

— Et qu'est-ce qui ne vous plaît pas dans les tableaux ? demanda-t-elle, patiente.

À nouveau Jasper Gwyn se tut. Il pensait à cette histoire de pérégrination. Il n'avait jamais imaginé qu'un portrait puisse être une manière de *reconduire quelqu'un chez lui,* justement, il avait toujours cru que c'était le contraire, on faisait des portraits pour afficher une fausse identité, et la vendre comme vraie, évidemment. Qui accepterait de payer pour se faire démasquer par un peintre et pour suspendre chez lui les traits de sa personne qu'il s'escrime à dissimuler tous les jours ?

Qui accepterait de payer? se répéta-t-il lentement.

Il leva les yeux vers la galeriste.

— Excusez-moi, auriez-vous un bout de papier et quelque chose pour écrire, s'il vous plaît?

La galeriste lui tendit un bloc-notes et un crayon.

Jasper Gwyn écrivit, deux lignes. Puis il les regarda longuement. Il semblait absorbé par une pensée si fragile que la galeriste resta immobile, comme quand on ne veut pas faire s'envoler un moineau de la balustrade d'une fenêtre. Il marmonnait également quelque chose à voix basse, quelque chose d'indéchiffrable. Pour finir il arracha la feuille, la plia en quatre et la mit dans sa poche. Il leva à nouveau les yeux vers la galeriste.

— Ils sont muets, lâcha-t-il.

— Pardon?

— Les tableaux ne me plaisent pas parce qu'ils sont muets. Ce sont comme des personnes qui parlent en remuant les lèvres, mais sans qu'on entende leur voix. Il faut l'imaginer. Je n'aime pas faire cet effort-là.

Puis il se leva, alla se planter devant le portrait de l'homme à la moustache et, longtemps encore, il demeura absorbé dans ses pensées — très longtemps.

Il rentra chez lui sans faire attention à la pluie qui tombait drue, et froide. De temps en temps il prononçait quelques phrases tout haut. Il parlait avec la dame au foulard imperméable.

15

— Des portraits?

— Oui, pourquoi?

Tom Bruce Shepperd pesa bien ses mots.

— Jasper, tu ne sais pas dessiner.

— En effet. L'idée est de les écrire.

Environ deux semaines après cette matinée chez la galeriste, Jasper Gwyn avait téléphoné à Tom pour lui dire qu'il avait du nouveau. Il voulait aussi lui dire d'arrêter de lui envoyer des contrats à signer, de toute façon il ne les lisait même pas. Mais surtout il lui téléphona pour lui parler de cette nouveauté.

Après avoir longuement cherché un autre travail, à présent c'était réglé, il l'avait trouvé. Tom ne le prit pas très bien.

— Tu *as* un travail. Tu écris des livres.

— J'ai arrêté, Tom, combien de fois dois-je te le répéter?

— Personne ne s'en est aperçu.

— Que veux-tu dire?

— Que tu peux très bien recommencer demain.

— Excuse-moi, mais même si par impossible je décidais de me remettre à écrire, de quoi aurais-je l'air, selon toi, après ce que j'ai publié dans *The Guardian*?

— La liste? Une géniale provocation. Une opération avant-gardiste. Et puis qui s'en souviendra, je te le demande?

Tom n'était pas seulement son agent, c'était l'homme qui l'avait découvert, douze ans plus tôt. Ils fréquentaient le même pub, alors, et une fois ils étaient restés jusqu'à la fermeture à parler de ce qu'aurait écrit Hemingway s'il ne s'était pas tué avec un fusil de chasse à l'âge de soixante-deux ans.

— Foutre rien, avait soutenu Tom. Mais de son côté, Jasper Gwyn avait une tout autre opinion et Tom s'était finalement rendu compte, malgré ses quatre bières brunes, que cet homme s'y connaissait en littérature, alors il lui avait demandé quel métier il exerçait. Jasper Gwyn lui avait répondu et Tom lui avait fait répéter, parce que vraiment il n'en revenait pas.

— J'aurais dit professeur, ou journaliste, quelque chose comme ça.

— Non, rien de ce genre.

— Eh bien, c'est dommage.

— Pourquoi ?

— Je n'en ai pas la moindre idée, je suis ivre. Vous savez ce que je fais, moi ?

— Non.

— Agent littéraire.

Il avait brandi une carte de visite pour la donner à Jasper Gwyn.

— Si un jour par hasard il vous arrivait d'écrire quelque chose, ne me faites pas le tort de m'oublier. Vous savez, cela arrive à tout le monde, tôt ou tard.

— De quoi ?

— D'écrire quelque chose.

Il avait réfléchi un instant.

— De m'oublier aussi, naturellement.

Puis ils n'en avaient plus reparlé, et quand ils se croisaient au pub ils passaient volontiers un peu de temps ensemble, souvent à parler de livres, et d'écrivains. Mais un jour Tom avait reçu une enveloppe jaune, énorme, qui lui était arrivée par le courrier du matin et, à l'intérieur, il y avait le roman de Jasper Gwyn. Il l'avait ouvert au hasard, et avait commencé à lire en partant d'un point quelconque. Une école était en train de brûler. C'est ainsi que tout avait commencé.

Cependant maintenant tout semblait vouloir se terminer et Tom Bruce Shepperd n'avait même pas vraiment compris pourquoi. La liste des cinquante-deux choses, d'accord, mais cela ne pouvait pas être la seule explication. Tous les véritables écrivains détestent ce qu'il y a autour de leur métier, mais ils n'arrêtent pas d'écrire pour autant. En général il suffit d'une petite dose d'alcool supplémentaire, ou d'une femme jeune avec une certaine propension à dépenser. Hélas, Jasper Gwyn ne buvait qu'un verre de whisky par jour, toujours à la même heure, comme on huile une horloge. En outre, il ne croyait pas au mariage. Ainsi il ne semblait rien y avoir à faire. Et maintenant venait s'ajouter cette histoire de portraits.

— C'est très confidentiel, Tom, tu dois me jurer que tu n'en parleras à personne.

— Ne t'inquiète pas, de toute façon qui pourrait bien me croire.

Quand Tom avait épousé Lottie, une jeune Hongroise qui avait vingt-trois ans de moins que lui, Jasper Gwyn avait été son témoin et, à un moment donné pendant le dîner, il s'était mis debout sur une table pour réciter un sonnet de Shakespeare. Sauf qu'il n'était pas de Shakespeare mais de lui, une parfaite imitation. Les deux derniers vers disaient : *si je dois t'oublier je me rappellerai de le faire, mais ne me demande pas ensuite d'oublier que je m'en suis rappelé.* Alors Tom l'avait serré dans ses bras, pas tellement pour le sonnet, auquel il n'avait pas compris grand-chose, mais conscient qu'il avait dû lui en coûter de monter sur une table et d'attirer l'attention des gens. Il l'avait carrément pris dans ses bras. C'est aussi pour cette raison que maintenant, l'histoire des portraits, il avait du mal à l'avaler.

— Essaie de m'expliquer ton projet, demanda-t-il.

— Je ne sais pas, j'ai pensé que cela me plairait de faire des portraits.

— O.K., ça je l'ai compris.

— Naturellement, il ne s'agirait pas de tableaux. Je voudrais *écrire* des portraits.

— D'accord.

— Mais tout le reste se passerait comme pour des tableaux… l'atelier, le modèle, ce serait tout pareil.

— Tu ferais poser les gens ?

— En quelque sorte.

— Et après ?

— Après j'imagine que cela prendra pas mal

de temps. Mais à la fin je me mettrai à écrire, jusqu'à obtenir un portrait.

— Un portrait dans quel sens? Une description?

Jasper Gwyn y avait réfléchi longuement. En effet, c'était le problème.

— Non, une description non, cela n'aurait pas de sens.

— C'est pourtant ce que font les peintres. S'il y a un bras, le peintre le peint, terminé. Et toi que ferais-tu? Tu écrirais des choses du type « le bras laiteux s'appuie mollement » et cetera, et cetera?

— Non, justement, ce n'est même pas envisageable.

— Donc?

— Je ne sais pas.

— Tu ne sais pas?

— Non. Il faudrait que je me mette en situation de faire un portrait, et alors je pourrais découvrir ce qu'implique exactement l'écriture par rapport à la peinture. Écrire un portrait.

— Donc, là, maintenant, tu n'en as pas la moindre idée.

— Si, j'ai des pistes.

— Lesquelles?

— Je ne sais pas, j'imagine qu'il s'agirait de *ramener chez elles* ces personnes.

— Les ramener chez elles?

— Je ne sais pas, je ne suis pas sûr de pouvoir te l'expliquer.

— J'ai besoin d'un verre. Ne quitte pas, je t'interdis de raccrocher.

Jasper Gwyn garda le combiné à l'oreille. Il entendait Tom marmonner en arrière-fond. Alors il posa le combiné et se dirigea lentement vers les toilettes, tandis que dans sa tête les idées fusaient, toutes liées à son projet de portraits. Il se dit que la seule chose à faire était d'essayer ; d'ailleurs, quand il avait commencé son thriller sur les disparitions au pays de Galles, il était loin de savoir où il voulait en venir, il avait juste à l'esprit une façon de procéder. Il pissa. Si alors, avant qu'il ne se mette à écrire, Tom lui avait demandé d'expliquer ce qu'il avait en tête, il n'aurait probablement pas su quoi dire non plus. Il tira la chasse d'eau. Ce n'est pas plus fou de commencer un roman, le premier, que de louer un atelier pour écrire des portraits sans savoir exactement ce que cela implique. Il retourna vers le téléphone et saisit à nouveau le combiné.

— Tom ?

— Jasper, je peux être sincère avec toi ?

— Bien sûr.

— Ce livre promet d'être chiant comme la pluie.

— Non, tu n'as pas compris, ce ne sera pas un livre.

— Et ce sera quoi, alors ?

Jasper Gwyn s'était imaginé que les gens rapporteraient chez eux quelques pages écrites, et qu'ils les conserveraient dans un tiroir fermé à clé ou sur une table basse. Comme ils auraient pu conserver une photographie ou accrocher un tableau au mur. C'était là un aspect de l'affaire qui l'enthousiasmait. Fini les cinquante-deux choses, il suffirait d'un accord entre lui et ces personnes. Cela revenait en somme à leur fabriquer une table ou à laver leur voiture. Un vrai métier. Il écrirait ce qu'elles étaient, point. Pour ces personnes, il serait un copiste.

— Des portraits, voilà ce que ce sera. Ceux qui paieront pour s'en faire faire un le ramèneront chez eux, et ça s'arrêtera là.

— Parce qu'ils vont payer ?

— Bien sûr, les gens paient, non ? pour qu'on fasse leur portrait.

— Jasper, tu parles de tableaux, là, et en plus les gens ne se font plus tirer le portrait depuis des années, à part la reine et peut-être trois clampins qui se retrouvent un jour avec des murs à remplir.

— Oui, seulement les miens sont écrits, c'est différent.

— C'est pire !

— Je ne sais pas.

Ils restèrent un moment silencieux. On entendait Tom déglutir son whisky.

— Jasper, il vaut mieux qu'on en reparle une autre fois.

— Oui, probablement.

— La nuit porte conseil, allons dormir et on en reparle.

— D'accord.

— Je dois métaboliser tout ça.

— Oui, je comprends.

— Pour le reste, tout va bien ?

— Oui.

— Tu n'as besoin de rien ?

— Non. Enfin, une chose, peut-être.

— Dis-moi.

— Tu connais un agent immobilier ?

— Quelqu'un qui vend des appartements ?

— Oui.

— John Septimus Hill, c'est le meilleur. Tu te souviens de lui ?

Jasper Gwyn avait en tête un homme très grand, aux manières irréprochables, élégamment vêtu. Il était au mariage.

— Va le voir de ma part, il est parfait, dit Tom.

— Merci.

— Qu'est-ce qui se passe, tu veux déménager ?

— Non, je pensais louer un local, un endroit adapté pour faire cet essai de portrait.

Tom Bruce Shepperd leva les yeux au ciel.

16

Quand John Septimus Hill lui tendit le dossier où on invite le client à préciser ses exigences, Jasper Gwyn essaya de lire les questions mais, très rapidement, il leva les yeux du document et demanda si tout cela ne pouvait pas se faire oralement.

— Je suis sûr que je réussirais mieux à me faire comprendre.

John Septimus Hill reprit le dossier, le regarda avec scepticisme, puis le jeta à la poubelle.

— Je n'ai pas rencontré une seule fois quelqu'un qui ait l'obligeance de le remplir.

Il expliqua que c'était une idée de son fils, qui travaillait depuis quelques mois avec lui ; il avait vingt-sept ans, et s'était mis en tête de moderniser l'agence.

— J'aurais plutôt tendance à privilégier la bonne vieille méthode, continua John Septimus Hill, mais vous devez savoir que face à nos enfants nous faisons toujours preuve d'une sorte de folle condescendance. Avez-vous des enfants, par hasard ?

— Non, dit Jasper Gwyn. Je ne crois pas au mariage et ne suis pas fait pour procréer.

— Position plus que raisonnable. Si vous commenciez par me dire quelle surface vous recherchez ?

Jasper Gwyn s'était préparé et donna une réponse précise.

— J'aurais besoin d'une seule pièce, grande comme un demi-terrain de tennis.

John Septimus Hill l'écouta sans ciller.

— Quel étage ? demanda-t-il.

Jasper Gwyn indiqua qu'il l'avait imaginée donnant sur un jardin intérieur, mais il ajouta qu'un dernier étage pouvait convenir aussi, l'important était que cela soit parfaitement silencieux et tranquille. Un vieux parquet, conclut-il, serait un plus.

John Septimus Hill ne prenait pas de notes, mais il donnait l'impression d'empiler dans un coin de sa tête toutes les informations, comme on empile des draps repassés.

Ils parlèrent de chauffage, de salle de bains, de concierge, de cuisine, de finitions, d'huisseries et de parking. Sur chaque point, Jasper Gwyn montra qu'il avait les idées très claires. Il fut catégorique sur le fait que la pièce devait être vide, complètement vide même. Le seul terme «meublé» l'agaçait. Il tenta d'expliquer, avec succès, qu'il n'était pas contre quelques taches d'humidité, çà et là, et peut-être des tuyauteries apparentes, de préférence en mauvais état. Il insista pour qu'il y ait des stores et des volets aux fenêtres, afin de moduler à sa guise la luminosité de la pièce. Quelques résidus de papier peint sur les murs ne lui déplairaient pas. Les portes, si elles étaient vraiment indispensables, devaient être en bois, et si possible un peu gondolées. Des hauts plafonds, il décréta.

John Septimus Hill empila tout soigneusement, les yeux mi-clos, comme s'il venait de terminer un repas copieux; puis il demeura un moment silencieux, apparemment satisfait. Enfin il rouvrit grand les yeux et s'éclaircit la voix.

— Puis-je me permettre une question qu'on pourrait raisonnablement qualifier de privée?

Jasper Gwyn ne dit ni oui ni non. John Septimus Hill le prit comme un encouragement.

— Vous exercez un métier qui requiert un degré incroyablement élevé de précision et de perfectionnisme, pas vrai?

Jasper Gwyn, sans bien comprendre pourquoi, pensa aux plongeurs de haut vol. Et il répondit que oui, par le passé, il avait fait un métier de ce genre.

— Puis-je vous demander de quoi il s'agissait ?
C'est une simple curiosité, croyez-moi.

Jasper Gwyn dit que pendant un temps il avait
écrit des livres.

John Septimus Hill soupesa la réponse,
comme s'il voulait être sûr de pouvoir la comprendre sans mettre trop de désordre dans ses
convictions.

17

Dix jours plus tard, John Septimus Hill
emmena Jasper Gwyn visiter un bâtiment de
plain-pied, au fond d'un jardin, derrière Marylebone High Street. Pendant des années cela avait
été l'entrepôt d'un menuisier. Puis on en avait
fait successivement la réserve d'une galerie d'art,
le siège d'une revue de voyage et le garage d'un
collectionneur de motos d'époque. Jasper Gwyn
trouva le lieu parfait. Il apprécia particulièrement
les taches d'huile indélébiles laissées par les motos
sur le sol en bois et les lambeaux de posters de la
mer des Caraïbes que personne ne s'était donné
la peine de retirer des murs. Il y avait une petite
salle d'eau sur le toit, on y accédait par un escalier en fer. Pas de trace de cuisine. Les grandes
fenêtres pouvaient être occultées par d'épais
volets en bois, fraîchement rénovés mais pas
encore repeints. On entrait dans la grande pièce
par une porte à deux battants qui donnait sur le
jardin. Il y avait même les tuyauteries apparentes,

et elles étaient loin d'être en bon état. John Septimus Hill fit observer, d'un ton professionnel, que pour les taches d'humidité il ne serait pas difficile de trouver une solution.

— Bien que ce soit la première fois, nota-t-il sans ironie, qu'on me présente l'humidité comme un critère d'ornement souhaitable et non comme une plaie.

Ils fixèrent le montant du loyer, et Jasper Gwyn s'engagea pour six mois, en se réservant la possibilité de renouveler le contrat pour six mois supplémentaires. C'était une somme conséquente, et cela l'aida à comprendre que si jamais cette histoire de portraits avait été un jeu, maintenant elle ne l'était plus.

— Bon, pour les documents administratifs je vous laisserai voir avec mon fils, dit John Septimus Hill au moment de prendre congé. Ils étaient dans la rue, devant une station de métro. Ne le prenez pas comme une observation convenue, ajouta-t-il, mais cela a été un réel plaisir de faire affaire avec vous.

Jasper Gwyn n'était pas doué pour les adieux, même dans leurs formes les plus légères, par exemple l'adieu à un agent immobilier qui venait de lui trouver un ancien garage où tenter d'écrire des portraits. Seulement lui aussi éprouvait une certaine sympathie, sincère, pour cet homme, et il aurait aimé pouvoir la lui exprimer. Ainsi, au lieu de dire quelque chose de banalement gentil, il murmura une phrase qui l'étonna lui-même.

— Mais je n'ai pas toujours écrit des livres, dit-il, avant je faisais un autre métier. Je l'ai fait pendant neuf ans.

— Vraiment?

— J'étais accordeur. J'accordais des pianos. Comme mon père.

John Septimus Hill accueillit la nouvelle avec une évidente satisfaction.

— D'accord, je crois que je comprends mieux maintenant. Merci à vous.

Puis il dit qu'il y avait une chose qu'il s'était toujours demandée, à propos des accordeurs.

— Je me suis toujours demandé s'ils savaient jouer du piano. De manière professionnelle, j'entends.

— Rarement, répondit Jasper Gwyn. Et de toute façon, poursuivit-il, si la question qui vous vient à l'esprit est pourquoi, après avoir travaillé pendant des heures sur un instrument, ils ne vont pas s'asseoir là et se mettre à jouer une *Polonaise* de Chopin pour savourer le résultat de leur dévouement et de leur savoir, la réponse est que même s'ils en étaient capables, ils ne le feraient jamais.

— Ah non?

— Quand on accorde des pianos, on n'aime pas les désaccorder, expliqua Jasper Gwyn.

Ils se quittèrent en promettant de se revoir.

Quelques jours plus tard, Jasper Gwyn se retrouva assis par terre dans le coin d'un ancien garage qui était maintenant son atelier de portraitiste. Il faisait tourner son trousseau de clés dans sa main, étudiait les distances, la lumière, les détails. Il y avait un grand silence, interrompu seulement par le gargouillement épisodique des tuyaux d'eau. Il resta là un bon bout de temps, évaluant les prochaines actions à mener. Il allait bien falloir y mettre quelque chose — un lit, peut-être, des fauteuils. Il réfléchit à quel type d'éclairage installer, à l'endroit où il se placerait, lui. Il essaya de s'imaginer là, dans la compagnie silencieuse d'un inconnu, abandonnés ensemble à un temps dont ils avaient tout à apprendre. Il sentait déjà la morsure d'un embarras incontrôlable.

— Je n'y arriverai jamais, dit-il à un moment donné.

— Non mais voyez-vous ça, dit la dame au foulard imperméable. Commencez donc par boire un whisky, si vraiment vous ne vous sentez pas prêt.

— Cela ne suffira peut-être pas.

— Un double whisky, alors.

— C'est facile pour vous.

— Quoi, vous avez peur?

— Oui.

— D'accord. Sans peur on ne fait rien de bon. Et pour les taches d'humidité?

— Apparemment il suffit d'attendre un peu. Les tuyaux du chauffage sont pourris.

— Vous me rassurez.

Le lendemain, Jasper Gwyn décida de s'occuper de la musique. Tout ce silence l'avait impressionné, et il était arrivé à la conclusion qu'il fallait habiller cette pièce avec quelque fond sonore. Le gargouillis des tuyaux convenait bien, mais il ne faisait pas de doute qu'on pouvait trouver mieux.

<h2 style="text-align:center">18</h2>

Des compositeurs, il en avait connu des tas, au temps où il accordait des pianos, mais celui auquel il pensa fut David Barber. Il y avait là une certaine logique : Jasper Gwyn se souvenait distinctement d'une de ses compositions pour clarinette, ventilateur et tuyaux hydrauliques. Ce n'était vraiment pas mal. Les tuyaux s'en donnaient à cœur joie.

Ils s'étaient perdus de vue depuis plusieurs années, mais quand Jasper Gwyn avait atteint une certaine notoriété, David Barber l'avait approché pour lui proposer d'écrire le texte d'une *Cantate*. Le projet n'avait pas abouti (c'était une cantate pour voix enregistrées, siphon d'eau de Seltz et orchestre à cordes), mais ils étaient restés en contact. David était un type agréable, il avait la passion de la chasse, et vivait entouré de chiens auxquels il ne donnait que des noms de pianistes, ce qui permettait à Jasper Gwyn d'affirmer sans mentir qu'une fois il avait été mordu par Radu Lupu. En tant que compositeur, il s'était longtemps amusé en fréquentant la branche la plus festive des avant-gardes new-yorkaises : cela ne rapportait pas beaucoup, mais le succès auprès des femmes était assuré. Puis il avait disparu durant une longue période, pour suivre certaines de ses idées ésotériques sur les rapports tonals et enseigner ce qu'il croyait en avoir compris dans quelques cercles para-universitaires. La dernière fois que Jasper Gwyn avait entendu parler de lui, c'était dans les journaux, à propos d'une symphonie exécutée, de façon inusitée, à l'Old Trafford, le très célèbre stade de Manchester. Le titre de sa composition, qui durait quatre-vingt-dix minutes, était *Demi-finale*.

Il trouva son adresse sans trop d'effort, et se présenta chez lui un matin, dans le quartier de Fulham. David Barber ouvrit la porte et, quand il le vit, le serra dans ses bras sans hésitation, comme s'il l'attendait. Puis ils allèrent ensemble au parc, pour emmener Martha Argerich faire caca. C'était un griffon vendéen.

19

Avec David il était inutile de tourner autour du pot, donc Jasper Gwyn dit simplement qu'il avait besoin de quelque chose pour sonoriser son nouvel atelier. Il expliqua qu'il n'était pas capable de travailler dans le silence.

— Tu n'as pas pensé à de bons disques? demanda David Barber.

— Ça, c'est de la musique. Moi je voudrais des sons.

— Des sons ou des bruits?

— Autrefois, tu disais qu'il n'y avait aucune différence.

Ils continuèrent à parler en marchant dans le parc, tandis que Martha Argerich poursuivait des écureuils. Jasper Gwyn dit que ce qu'il avait imaginé était une boucle très longue et à peine audible qui couvrirait juste le silence, l'amortirait.

— Qu'entends-tu par très longue ? demanda David Barber.

— Je ne sais pas. Une cinquantaine d'heures ?

David Barber s'arrêta. Il rit.

— Eh bien, c'est tout sauf une plaisanterie. Ça va te coûter bonbon, mon ami.

Puis il dit qu'il voulait voir le lieu. Et réfléchir un peu, sur place. Du coup, ils décidèrent de se rendre ensemble à l'atelier derrière Marylebone High Street, le lendemain matin. Ils passèrent le reste de la journée à évoquer leurs souvenirs et, au bout d'un moment, David Barber dit que des années auparavant, il avait eu un temps la conviction que Jasper couchait avec sa fiancée de l'époque. C'était une pseudo-photographe suédoise. Non, c'est elle qui couchait avec moi, dit Jasper Gwyn, moi je n'y comprenais rien. Ils en rirent.

Le lendemain David Barber arriva dans une vieille guimbarde familiale qui sentait le chien mouillé à des kilomètres. Il se gara devant la bouche d'incendie, c'était sa manière personnelle de contester la gestion gouvernementale des fonds culturels. Ils entrèrent dans l'atelier et refermèrent la porte derrière eux. Un parfait silence régnait, abstraction faite du gargouillis des tuyaux, naturellement.

— C'est beau, dit David Barber.

— Oui.

— Tu devrais faire attention à ces taches d'humidité.

— Tout est sous contrôle.

David Barber flâna un peu dans la pièce, et prit la mesure de ce silence singulier. Il écouta les tuyaux avec attention, et évalua le grincement du parquet.

— Il serait peut-être utile aussi de savoir quel genre de livre tu es en train d'écrire, dit-il soudain.

Jasper Gwyn eut un sentiment de découragement. Il ne s'était pas encore habitué à l'idée qu'il lui faudrait sans doute une vie pour convaincre le monde qu'il n'écrivait plus. C'était un phénomène incroyable. Une fois, un éditeur rencontré dans la rue l'avait vivement complimenté pour son article dans *The Guardian*. Puis, tout de suite après, il lui avait demandé : Qu'est-ce que tu écris en ce moment ? C'étaient des choses qu'il n'arrivait pas à comprendre.

— Crois-moi, ce que je peux écrire n'a aucune importance, dit-il.

Et il expliqua qu'il aurait aimé un fond sonore capable de changer comme la lumière au cours d'une journée, donc de manière imperceptible et continue. Élégante, surtout. C'était très important. Il ajouta également qu'il ne voulait pas l'ombre d'un rythme, mais juste quelque chose en devenir qui suspende le temps, et remplisse le vide d'un itinéraire sans coordonnées. Il dit qu'il aimerait quelque chose d'immobile comme un visage sous le passage des ans.

— Où sont les chiottes ? demanda David Barber.

Quand il revint, il dit qu'il acceptait.

— Dix mille livres plus le matériel de diffusion. Disons vingt mille livres.

L'idée qu'il était en train de dilapider toutes ses économies au hasard d'un métier dont il ne savait même pas s'il existait plaisait à Jasper Gwyn. Il voulait d'une certaine manière se retrouver au pied du mur parce qu'il sentait que c'était le seul moyen d'avoir une chance de trouver, en lui-même, ce qu'il cherchait. Donc il accepta.

Un mois plus tard, David Barber vint installer le système de diffusion et laissa à Jasper Gwyn un disque dur.

— Bonne écoute. Il y en a pour soixante-deux heures, j'ai un peu débordé. Je ne trouvais pas le finale.

Cette nuit-là Jasper Gwyn s'allongea par terre, dans son atelier de copiste, et lança la boucle musicale. Elle commençait avec ce qui ressemblait à un bruit de feuilles, puis continuait son évolution imperceptible, en rencontrant comme par accident sur son passage tous types de sons. Jasper Gwyn eut les larmes aux yeux.

20

Durant le mois où il avait attendu la musique de David Barber, enfin si on pouvait parler de musique, Jasper Gwyn s'était activé pour mettre au point tous les autres détails. Il avait commencé par le mobilier. Dans le dépôt d'un brocanteur de Regent Street il avait trouvé trois chaises et un lit en fer, plutôt mal en point, mais qui ne manquait pas de style. Il avait ajouté à cela deux fauteuils en cuir défoncés couleur balle de cricket. Il loua très cher deux énormes tapis et acheta à un prix déraisonnable un vestiaire mural qui venait d'une brasserie française. Quand il fut tenté par un cheval provenant d'un carrousel du XVIIIᵉ siècle, il comprit que la situation lui échappait.

Ce qu'il ne parvint pas tout de suite à déterminer était comment il écrirait : debout ou assis derrière un bureau, avec un ordinateur, à la main, sur de grandes feuilles ou dans des petits carnets. Il fallait aussi savoir s'il écrirait réellement, ou s'il se limiterait à observer et réfléchir, pour rassembler dans un second temps, chez lui peut-être, ce qui lui était venu à l'esprit. Pour les peintres c'était simple, ils n'avaient qu'à se placer derrière leur toile, cela n'avait rien d'étrange. Mais pour quelqu'un qui voulait écrire ? Il ne pouvait tout de même pas rester derrière un bureau avec un ordinateur. Il se dit finalement que la chose la moins ridicule était de se mettre rapidement au travail et de découvrir en situation, le moment venu, ce qu'il convenait de faire ou pas. Donc le premier jour, pas de bureau ni d'ordinateur portable, pas même un crayon, décida-t-il. Il s'accorda juste une armoire à chaussures, modeste, à caler dans un coin : il pensa que ça lui plairait, chaque jour, de pouvoir choisir les chaussures qui lui paraîtraient les plus adaptées.

S'occuper de toutes ces choses l'avait très vite fait se sentir mieux et pendant un temps il n'avait plus pensé aux crises qui l'avaient tourmenté pendant des mois. Quand il sentait venir une forme de défaillance qu'il avait appris à reconnaître, il évitait de paniquer et se concentrait sur ses mille occupations, en procédant avec un soin encore plus maniaque. Dans le soin des détails, il trouvait un apaisement immédiat. Cela donnait lieu, parfois, à des élans de perfectionnisme presque littéraires. Il lui arriva, par exemple, de se retrouver chez un artisan qui fabriquait des ampoules. Pas des lampes : des ampoules. Il les fabriquait à la main. C'était un petit vieux dans un laboratoire lugubre du côté de Camden Town. Jasper Gwyn l'avait cherché longtemps, sans même être sûr qu'il existait, et il avait fini par le trouver. Ce qu'il entendait lui demander n'était pas seulement un éclairage très spécial — *enfantin*, lui expliquerait-il — mais surtout un éclairage qui dure un temps déterminé. Il voulait des ampoules qui meurent au bout de trente-deux jours.

— D'un coup, ou en agonisant un peu? demanda le petit vieux, comme s'il connaissait parfaitement le problème.

21

Cette histoire d'ampoules pourra apparaître comme un point d'importance discutable, mais pour Jasper Gwyn c'était au contraire devenu un enjeu crucial. Ç'avait à voir avec le temps. Bien qu'il n'eût encore aucune idée du geste que pouvait impliquer le fait d'*écrire un portrait*, il avait une certaine idée de sa possible durée — comme on peut deviner à quelle distance se trouve un homme qui marche dans la nuit sans pour autant le reconnaître. Il avait dès le départ exclu la rapidité, toutefois il lui était difficile d'imaginer un geste abandonné à une fin aléatoire et potentiellement très lointaine. Ainsi avait-il commencé à évaluer — allongé sur le sol de son atelier, dans une solitude absolue — le poids des heures et la consistance des jours. Il envisageait une pérégrination, semblable à celle qu'il avait perçue dans les tableaux, ce fameux jour ; et il s'était promis de deviner le rythme du pas qui l'accomplirait, de même que la longueur du chemin à parcourir. Il fallait trouver la vitesse à laquelle se dissiperait l'embarras, et la lenteur avec laquelle remonterait en surface une forme de vérité. Il se rendit compte que, de façon analogue à ce qui se passe dans la vie, seule une certaine ponctualité pouvait donner à ce geste un caractère accompli — propre à certains instants de bonheur que traversent les vivants.

Il finit par se convaincre que trente-deux jours pouvaient constituer une première, et crédible, approximation. Il décida de commencer avec une séance de travail par jour, quatre heures par séance. Et c'est là qu'intervenaient les ampoules.

Le fait est qu'il n'arrivait pas à concevoir que tout se termine brutalement, à la fin de la dernière séance, de façon procédurière et impersonnelle. Il semblait évident que l'aboutissement de ce travail devait avoir son degré d'élégance, de poésie même, et pourquoi pas de surprise. Alors il pensa à l'idée qu'il avait eue pour l'éclairage — dix-huit ampoules suspendues au plafond, à distances régulières, formant une belle géométrie — et il imagina qu'à l'approche du trente-deuxième jour ces ampoules commenceraient à s'éteindre une à une, au hasard, mais toutes dans un laps de temps non inférieur à deux jours et non supérieur à une semaine. Il vit son atelier sombrer dans l'obscurité par touches successives, selon un schéma aléatoire, et se mit à fantasmer sur la manière dont ils se déplaceraient, lui et le modèle, pour profiter des derniers rayons de lumière ou, au contraire, se réfugier dans les premières zones d'ombre. Il se vit distinctement dans la pâleur d'une dernière ampoule, donner la touche finale à son portrait. Puis accepter le noir, à l'extinction du dernier filament.

Parfait, pensa-t-il.

C'est ainsi qu'il se retrouva devant le petit vieux de Camden Town.

— Non, il faudrait qu'elles meurent simplement, sans agoniser et sans faire de bruit, si possible.

Le petit vieux eut un de ces gestes indéchiffrables qu'ont les artisans pour se venger du monde. Puis il expliqua que les ampoules n'étaient pas des créatures faciles, qu'elles étaient soumises à de nombreuses variables, et avaient souvent leur grain de folie imprévisible.

— En général, ajouta-t-il, à ce moment-là le client dit : Comme les femmes. Épargnez-moi ça, s'il vous plaît.

— Comme les enfants, dit Jasper Gwyn.

Le petit vieux opina du chef. En bon artisan, il ne parlait qu'en travaillant et dans son cas cela signifiait tenir entre ses doigts des petites ampoules, avec la même délicatesse que s'il tenait des œufs, et les plonger dans une solution opaque, ressemblant vaguement à de la liqueur. Le but de l'opération était clairement impénétrable. Il les essuyait ensuite avec un sèche-cheveux aussi vieux que lui.

Ils passèrent beaucoup de temps à divaguer sur la nature des ampoules, et Jasper Gwyn finit par découvrir un univers dont il n'avait jamais soupçonné l'existence. Il fut particulièrement heureux d'apprendre que les ampoules peuvent avoir une infinité de formes, mais qu'il y en a seize principales, et que chacune a un nom. Par une élégante convention, ce ne sont que des noms de reines ou de princesses. Jasper Gwyn choisit les Catherine de Médicis, parce qu'il croyait voir des larmes échappées d'un lustre.

— Trente-deux jours? demanda le vieux quand il eut décidé que cet homme méritait son travail.

— C'est ce que j'aimerais, oui.

— Il faudrait savoir combien de fois vous allez les allumer et les éteindre.

— Une fois, répondit Jasper Gwyn sans hésitation.

— Comment pouvez-vous en être sûr?

— Je le sais.

Le vieux s'arrêta et le regarda. Il le fixa, pour ainsi dire, dans le filament des yeux. Il chercha quelque chose qu'il ne trouva pas. Une faille. Alors il remit le nez dans son travail et ses mains s'activèrent à nouveau.

— Il faudra faire très attention pour les transporter et les installer, dit-il. Vous savez comment tenir une ampoule?

— Je ne me suis jamais posé la question, répondit Jasper Gwyn.

Le petit vieux lui en tendit une. C'était une Elisaveta Romanov. Jasper Gwyn la serra délicatement dans la paume de sa main. Le vieux fit une grimace.

— Utilisez vos doigts. Vous allez la tuer comme ça.

Jasper Gwyn obéit.

— Culot à baïonnette, pontifia le vieux en secouant la tête, si je vous donne des ampoules à vis vous allez me les bousiller avant même d'avoir pu les allumer. Et il récupéra son Elisaveta Romanov.

Ils convinrent que neuf jours plus tard, le vieux remettrait à Jasper Gwyn dix-huit Catherine de Médicis destinées à s'éteindre dans un intervalle de temps compris entre la sept cent soixantième et la huit cent trentième heure. Elles s'éteindraient sans agoniser dans d'inutiles clignotements, et en silence. Elles le feraient une par une, selon un ordre que nul ne pourrait prévoir.

— Nous avons oublié de parler du type de lumière, dit Jasper Gwyn alors qu'il était déjà sur le point de sortir.

— Comment l'aimeriez-vous?

— Enfantine.

— D'accord.

Ils se saluèrent en se serrant la main, et Jasper Gwyn se surprit à le faire avec délicatesse, comme quand des années plus tôt il saluait les pianistes.

22

Beau travail, dit la dame au foulard imperméable. Elle mit son parapluie à sécher sur un radiateur et tourna un peu dans la pièce pour étudier les aménagements plus en détail. L'armoire à chaussures, les tapis aux couleurs chaudes, les taches d'humidité sur les murs et d'huile sur le parquet. Elle s'assura que le lit n'était pas trop mou, et testa les fauteuils. Beau travail, dit-elle.

Debout, dans un angle de son nouvel atelier, son manteau encore sur les épaules, Jasper Gwyn contemplait ce qu'il avait mis sur pied en un mois et demi, à partir de rien et suivant une idée insensée. Il ne trouva pas d'erreur, et nota que chaque chose avait été faite avec attention et mesure. À sa place, un autre copiste aurait peut-être posé papier et plume sur son bureau, enfilé ses manchettes en toile, choisi son encre, certain d'identifier la nuance de bleu la plus appropriée. Il se dit qu'il ne s'était pas trompé : c'était un métier magnifique. Un instant l'effleura l'idée d'une plaque en métal rouillé, sur la porte. *Jasper Gwyn. Copiste.*

— C'est fou comme tout cela semble vide en l'absence de modèle, observa la dame au foulard imperméable. Ou bien est-ce moi qui ne l'ai pas vu ?, elle regardait autour d'elle avec l'air de quelqu'un qui cherche le rayon sauces dans un supermarché.

— Non, pas de modèle, pour le moment, dit Jasper Gwyn.

— J'imagine que les gens ne font pas la queue devant la porte.

— Pas encore.

— Vous avez envisagé une solution, ou vous comptez repousser le problème jusqu'à l'échéance du contrat de location ?

De temps en temps la vieille dame retrouvait son ton de maîtresse d'école. Cette façon revêche de prendre les choses à cœur.

— Non, j'ai un plan, répondit Jasper Gwyn.

— Voyons un peu.

Jasper Gwyn y avait longuement réfléchi. Il était évident qu'il allait devoir recruter quelqu'un, la première fois, pour se mettre à l'épreuve. Il fallait bien choisir toutefois, parce qu'un modèle trop difficile pourrait le décourager inutilement, et un modèle trop facile ne l'inciterait pas à trouver ce qu'il cherchait. Évaluer combien ils devraient être étrangers l'un à l'autre pour ce premier essai n'était pas simple non plus. Prendre un ami, par exemple, lui faciliterait grandement la tâche, mais cela fausserait l'expérience, parce qu'il saurait déjà trop de choses sur lui, et ne parviendrait pas à le regarder comme un paysage encore jamais vu. D'un autre côté choisir un parfait inconnu, comme la logique le suggérait, impliquait toute une série de gênes dont Jasper Gwyn se serait volontiers passé, du moins pour cette première fois. Outre la difficulté à expliquer la chose, à s'entendre sur la nature du travail qui serait fait ensemble, il y avait aussi la question de la nudité — question épineuse. Instinctivement, il avait estimé que la nudité du modèle était une condition indispensable. Il la voyait comme une sorte de coup de fouet nécessaire. Il devait tout repousser au-delà d'une certaine limite car sans ce décalage inconfortable, il sentait qu'aucun horizon ne s'ouvrirait à lui, aucune perspective infinie.

Il fallait donc se résigner, le modèle serait nu. Mais Jasper Gwyn était quelqu'un de réservé, il appréciait la timidité. Il n'était pas très à l'aise dans son rapport au corps, et jusqu'ici il n'avait jamais travaillé qu'avec des sons et des pensées. La mécanique du piano était la chose la plus physique qu'il lui ait été donné d'affronter. Le fait d'imaginer un modèle nu, devant lui, ne lui procurait qu'un embarras profond et un sentiment d'égarement inévitable. C'est pourquoi le choix du premier modèle était délicat, et imprudente l'hypothèse de recruter un parfait inconnu.

Finalement, histoire de simplifier un peu les choses, Jasper Gwyn avait décidé d'exclure l'hypothèse d'un modèle homme. Il n'y arriverait pas. Ce n'était pas qu'il avait peur des hommes, mais la nudité féminine était plus familière à son regard. Il valait mieux ne pas trop se compliquer la vie, pour ce premier essai : apprendre à détailler un corps masculin était une situation qu'il préférait, pour le moment, remettre à plus tard. Une femme conviendrait sans doute mieux, il ne partirait pas complètement de zéro. Le choix d'une femme, cependant, avait des implications dont Jasper Gwyn était parfaitement conscient. Là, venait s'ajouter la variable du désir. Il aurait aimé commencer avec un corps agréable à découvrir, à regarder, à épier. Mais faire un portrait était clairement un geste à détacher du désir pur et simple ; tout au plus, on pouvait prendre appui sur ce désir pour ensuite le laisser, en quelque sorte, retomber. Faire un portrait devait rester une affaire de lointaine intimité. Une beauté excessive serait donc malvenue. Une beauté insuffisante, en revanche, serait un tourment inutile. Ce que voulait Jasper Gwyn, c'était une femme agréable à regarder, mais pas au point de susciter son désir.

— Parlons peu parlons bien, vous l'avez trouvée ? demanda la dame au foulard imperméable, en dépliant le papier d'un bonbon aux agrumes.

— Oui, je crois que oui.

— Et alors ?

— Je dois trouver le moyen de la solliciter. Ce n'est pas si facile.

— Il s'agit d'un travail, mister Gwyn, vous n'allez pas l'inviter dans votre lit.

— Je sais, mais c'est un travail étrange.

— Si vous lui expliquez, elle comprendra. Et si elle ne comprend pas, une généreuse rétribution l'aidera à y voir plus clair. Parce que vous avez prévu une généreuse rétribution, n'est-ce pas ?

— Je ne sais pas vraiment.

— Allons bon, vous faites le grippe-sou ?

— Non, pas du tout, pensez-vous, c'est que je ne voudrais pas l'offenser. Au final c'est de l'argent en échange d'un corps nu.

— Évidemment, présenté comme ça…

— *C'est* comme ça.

— Je ne suis pas d'accord. Seul un puritain complexé de votre espèce peut imaginer décrire la chose en ces termes.

— Vous en voyez de meilleurs ?

— Bien sûr.

— Je vous écoute.

— «Mademoiselle, me laisseriez-vous, en échange de cinq mille livres, vous regarder durant une trentaine de jours, juste le temps de transcrire votre secret?» Ce n'est pas une phrase difficile à dire. Exercez-vous un peu devant votre miroir, cela vous aidera.

— Cinq mille, c'est pas rien.

— Quoi, vous recommencez?

Jasper Gwyn la regarda, en souriant; il éprouva un vif élan d'affection pour elle. L'espace d'un instant il se dit qu'avec elle ce serait simple, ce serait une parfaite manière de commencer, avec cette femme.

— Laissez tomber, je suis trop vieille. Vous ne devez pas commencer avec quelqu'un de vieux, c'est trop difficile.

— Vous n'êtes pas vieille. Vous êtes morte.

La dame haussa les épaules.

— Mourir n'est qu'une façon particulièrement exacte de vieillir.

De retour chez lui, Jasper Gwyn s'exerça un peu devant son miroir. Puis il téléphona à Tom Bruce Shepperd. Il était 2 H du matin.

23

— Putain, Jasper, il est 2 heures! Je suis couché!

— Tu dormais?

— Dormir n'est pas la seule chose qu'on peut faire dans un lit.

— Ah.

— Lottie te passe le bonjour.

En arrière-fond on entendit la voix de Lottie dire, sans rancœur, Salut Jasper. Elle avait bon caractère.

— Désolé, Tom.

— Laisse tomber. Qu'est-ce qui t'arrive, tu t'es encore perdu? Je dois envoyer Rebecca te chercher?

— Non, non, je ne me perds plus. Mais oui… à vrai dire, c'est bien d'elle que je voulais te parler.

— De Rebecca?

Ce que Jasper s'était dit, c'était que cette fille était parfaite. Il se rappelait combien la beauté irrémédiable de son visage suscitait un désir que son corps désamorçait ensuite, par son allure placide et lente, elle était parfaite. Le venin et son antidote — un mélange doux et énigmatique. Jasper Gwyn ne l'avait pas croisée une seule fois sans éprouver le désir enfantin de la toucher, à peine : mais comme il aurait pu avoir envie de poser ses doigts sur un insecte brillant, ou sur une vitre embuée. En outre il la connaissait, et ne la connaissait pas; elle semblait être à la bonne distance, dans cette zone intermédiaire où toute forme d'intimité ultérieure serait une conquête lente mais non impossible. Il savait qu'il pourrait l'observer longuement, sans gêne, sans désir, et sans s'ennuyer jamais.

— Rebecca, oui, ta stagiaire.

Tom éclata de rire.

— Eh, Jasper, on a un faible pour les rondes ?
Puis il se tourna vers Lottie.

— Écoute ça, Jasper en pince pour Rebecca.

En arrière-fond on entendit la voix endormie de Lottie qui disait Quelle Rebecca ?

— Jasper, vieux frère, tu me surprendras toujours.

— Tu pourrais arrêter deux secondes avec ces plaisanteries de caserne et m'écouter jusqu'au bout ?

— D'accord.

— C'est sérieux.

— Tu es tombé amoureux ?

— C'est sérieux au sens professionnel.

Tom mit ses lunettes. Dans le contexte, cela signifiait qu'il arrivait au bureau.

— Elle t'a convaincu de travailler sur les scènes de livres que tu n'écriras jamais ? J'ai toujours su qu'elle était douée, cette petite.

— Non, Tom, ce n'est pas ça. J'aurais besoin d'elle pour un projet. Mais pas celui-là.

— Prends-la avec toi si tu veux. Pour moi, du moment que tu te remets à écrire, tout va bien.

— Ce n'est pas si simple.

— Pourquoi ?

— Je voudrais qu'elle soit mon premier modèle. Tu te rappelles, mon idée d'écrire des portraits ?

Tom se la rappelait très bien.

— Ce projet ne m'enchante pas, tu le sais Jasper.

— Je sais, mais maintenant ce n'est plus le problème. J'aurais besoin que Rebecca vienne poser dans mon atelier pendant une trentaine de jours. Je la paierai. Seulement elle risque de me dire qu'elle ne veut pas perdre son travail avec toi.

— *Poser*?

— Je veux essayer.

— Tu es fou.

— C'est possible. Mais là, il faut que tu m'accordes cette faveur. Laisse-la travailler pour moi un petit mois, et ensuite je te la rends.

Ils continuèrent à parler un peu et ce fut une conversation téléphonique agréable, car ils finirent par discuter du métier d'écrire, et de choses qu'ils aimaient tous les deux. Jasper Gwyn expliqua que ce projet d'écrire des portraits l'attirait parce qu'il mettait son talent à l'épreuve. Il se rendait compte du caractère absurde des prémices, mais c'était justement cela qui lui plaisait, dans l'idée que si on retirait à l'écriture la finalité naturelle du roman, quelque chose se produirait, un instinct de survie, un sursaut, quelque chose. Il dit aussi que ce serait ce quelque chose que les gens achèteraient et rapporteraient chez eux à la fin. Il ajouta que ce serait le fruit imprévisible d'un rituel intime et privé, non destiné à remonter à la surface du monde, échappant par là aux malheurs qu'il avait subis dans sa carrière d'écrivain. En effet, conclut-il, nous parlons d'un autre métier. Un intitulé possible serait : copiste.

Tom écoutait en silence. Il essayait de comprendre.

— Je ne vois pas bien comment tu vas échapper au bras laiteux tombant mollement le long du corps, ou au regard étincelant d'une aurore orientale, dit-il au bout d'un moment. En outre, dans ce domaine, difficile d'imaginer faire mieux que Dickens ou Hardy.

— Bon, évidemment, si je m'arrête à ça, l'échec est assuré.

— Tu es sûr qu'il y a quelque chose au-delà ?

— Sûr, non. Je dois essayer, je te l'ai dit.

— Alors faisons cela : je te prête ma stagiaire et j'arrête de te casser les noix, mais toi, tu me promets que si au terme de cette expérience tu n'as pas véritablement trouvé quelque chose, tu recommences à écrire. Des livres, j'entends.

— C'est quoi, du chantage ?

— Non, un pacte. Si tu échoues, on fait comme j'ai dit. On revient aux scènes de livres que tu n'écriras jamais, ou à ce que tu veux. Mais on rend l'atelier à John Septimus Hill et on signe un contrat tout beau tout nouveau.

— Je pourrais voir si quelqu'un d'autre accepterait de poser pour moi.

— Sauf que tu veux Rebecca.

— Oui.

— Alors ?

Jasper Gwyn se dit que tout compte fait ce petit jeu ne lui déplaisait pas. L'idée qu'un échec le ramènerait en arrière, au cauchemar des cinquante-deux choses qu'il ne voulait plus faire, lui parut soudain électrisante. Il finit par accepter. Il était presque 3 heures du matin, et il accepta. Tom pensa qu'il allait bientôt récupérer un des rares écrivains qu'il représentait et qu'il pouvait vraiment considérer comme un ami.

— Demain je t'envoie Rebecca. À la laverie, comme d'habitude?

— Peut-être qu'il vaudrait mieux un endroit plus discret.

— Au bar du Stafford Hotel, alors. 17 heures?

— Très bien.

— Ne lui pose pas de lapin.

— Non.

— Je t'ai déjà dit que je t'aimais bien?

— Pas cette nuit.

— Bizarre.

Ils passèrent encore une dizaine de minutes à débiter des âneries. Deux gamins de seize ans.

24

Le lendemain, à 17 heures, Jasper Gwyn se présenta au Stafford Hotel, mais juste par politesse, parce que entre-temps il avait décidé de laisser tomber, étant parvenu à la conclusion que parler avec cette jeune femme était totalement hors de sa portée. Toutefois, lorsque Rebecca arriva, il choisit une petite table tranquille, adossée à une fenêtre qui donnait sur la rue, et n'eut pas de mal à engager la conversation à partir de considérations sur la météo et la circulation qui, à cette heure-ci, rendait tout impossible. Décidé au départ à commander un whisky, il prit finalement un jus de pomme avec des glaçons et se

rappela qu'ils avaient aussi d'excellentes pâtis-
series maison. Pour moi un café, dit Rebecca.
Comme toutes les personnes vraiment grosses,
elle ne toucha pas un seul petit gâteau. Elle était
radieuse, dans sa beauté désintéressée.

D'abord ils se dirent des choses sans queue
ni tête, juste pour prendre doucement leurs
marques, comme on fait dans ces cas-là. Rebecca
avoua que les hôtels chic l'impressionnaient un
peu, mais Jasper Gwyn lui fit observer qu'il n'y
avait guère de choses plus belles au monde que
les lobbys des hôtels.

— Ces gens qui vont et viennent, précisa-t-il.
Et tous ces secrets.

Puis il se laissa aller à une confidence, ce qui
n'était pas dans ses habitudes, et dit que dans
une autre vie il aurait aimé être le lobby d'un
hôtel.

— *Travailler* dans un lobby?

— Non, non, *être* un lobby, physiquement.
Même dans un trois étoiles, peu importe.

Alors Rebecca rit, et quand Jasper Gwyn lui
demanda comment elle se voyait dans sa prochaine vie, elle dit En rock star anorexique, et sa
réponse semblait prête depuis toujours.

Ainsi, au bout d'un moment, tout devint plus
simple et Jasper Gwyn pensa qu'il pouvait quand
même essayer de dire ce qu'il avait en tête. Il
fit quelques détours, c'était du reste sa façon de
procéder.

— Je peux vous demander si vous avez
confiance en moi, Rebecca? Je veux dire, êtes-

vous convaincue d'être assise en face d'une personne honnête, qui ne vous mettrait jamais dans une situation, disons, désagréable ?

— Oui, bien sûr.

— Parce que je dois vous demander une chose un peu étrange.

— Allez-y.

Jasper Gwyn choisit un petit gâteau, il cherchait les mots justes.

— Voyez-vous, j'ai décidé récemment d'essayer de faire des portraits.

La jeune femme inclina un rien la tête.

— Naturellement je ne sais pas peindre, et de fait mon intention est d'*écrire* des portraits. Je ne sais pas encore très bien ce que cela signifie, mais j'ai envie d'essayer ; et pour être franc, j'aimerais bien commencer avec vous.

La jeune femme resta de marbre.

— Donc, Rebecca, je voudrais vous demander si vous seriez prête à poser pour moi, dans mon atelier, à poser pour un portrait. Pour vous faire une idée, vous pouvez penser à ce qui se passe avec un peintre, ou un photographe, ce ne serait pas très différent, la situation est la même, si vous parvenez à l'imaginer.

Il marqua une petite pause.

— Je continue, ou préférez-vous qu'on en reste là ?

La jeune femme se pencha légèrement au-dessus de la table et prit sa tasse de café entre ses doigts. Mais elle ne la porta pas tout de suite à ses lèvres.

— Continuez, dit-elle.

Alors Jasper Gwyn lui expliqua.

— J'ai loué un atelier, derrière Marylebone High Street, un grand local, tranquille. J'y ai mis un lit, deux fauteuils, guère plus. Parquet au sol, murs défraîchis, un bel endroit. Ce que j'aimerais, c'est que vous veniez quatre heures par jour pendant une trentaine de jours, de 16 heures à 20 heures. Sans jamais sauter de jour, même le dimanche. J'aimerais que vous soyez ponctuelle et que, quoi qu'il arrive, vous posiez là pendant quatre heures, ce qui pour moi signifie simplement vous laisser regarder. Vous ne devrez pas rester dans une position que j'aurai choisie, mais juste évoluer dans cet espace, à votre convenance, marcher ou vous allonger, vous asseoir, où bon vous semble. Vous n'aurez ni à parler ni à répondre à aucune question, et je ne vous demanderai jamais de faire quoi que ce soit de particulier. Je continue ?

— Oui.

— Je voudrais que vous posiez nue, je pense que c'est une condition indispensable à la réussite du portrait.

Cette phrase-là, il l'avait préparée devant son miroir. La dame au foulard imperméable en avait peaufiné la tournure.

La jeune femme avait encore sa tasse à la main. De temps en temps elle la portait à ses lèvres, sans pour autant se décider à boire.

Jasper Gwyn sortit une clé de sa poche et la posa sur la table.

— Ce que je voudrais, c'est que vous preniez cette clé et que vous vous en serviez pour entrer dans l'atelier, chaque jour à 16 heures. Peu importe ce que je fais, moi, vous devez m'oublier. Comme si vous étiez seule, dans cette pièce, en permanence. Je vous demande seulement de vous en aller à 20 heures précises tous les soirs, et de fermer la porte derrière vous. Quand on aura terminé, vous me rendrez la clé. Buvez votre café, il va refroidir.

La jeune femme regarda la tasse qu'elle tenait entre ses doigts comme si elle la voyait pour la première fois. Elle la reposa sur la soucoupe, sans boire.

— Continuez, dit-elle. Quelque chose en elle s'était raidi.

— J'en ai parlé à Tom. Il est d'accord pour vous donner ces trente, trente-cinq jours, au terme desquels vous reprendrez votre travail à l'agence. Je suis conscient que malgré tout, cela impliquerait un engagement important de votre part, aussi je vous propose la somme de cinq mille livres en compensation des désagréments occasionnés et de la disponibilité que vous aurez la gentillesse de m'accorder. Un dernier point, essentiel. Si vous acceptez, il ne faudra en parler à personne, c'est un projet que j'entends mener de la façon la plus discrète possible, et je n'ai aucun intérêt à ce que la presse ou n'importe qui d'autre soit au courant. Nous deux et Tom serons les seuls à savoir, et pour moi il est capital que cela reste entre nous. Voilà, je crois que je

vous ai tout dit. Dans mon souvenir, ces pâtisse-
ries étaient meilleures.

La jeune femme sourit et se tourna vers la
fenêtre. Elle regardait les gens passer et, de
temps en temps, suivait quelqu'un du regard.
Puis elle fixa à nouveau Jasper Gwyn.

— Éventuellement, je pourrais apporter des
livres? demanda-t-elle.

Jasper Gwyn fut surpris par sa réponse.

— Non.

— De la musique?

— Non plus. Je pense qu'il faudrait que vous
vous retrouviez seule avec vous-même, c'est tout.
Pendant un temps largement déraisonnable.

La jeune fille acquiesça, elle commençait à
comprendre.

— J'imagine, dit-elle, que sur la question de la
nudité il est inutile de discuter.

— Croyez-moi, ce sera plus embarrassant pour
moi que pour vous.

La jeune femme rit.

— Non, ce n'est pas ça…

Elle baissa la tête, lissa certains plis de sa jupe.

— La dernière fois qu'on a demandé à me
regarder, cela ne s'est pas très bien passé.

Elle fit un geste de la main, comme pour éloi-
gner quelque chose.

— Mais j'ai lu vos livres, et vous m'inspirez
confiance.

Jasper Gwyn lui sourit.

— Vous voulez un peu de temps pour
réfléchir?

— Non.

Elle se pencha et prit la clé que Jasper Gwyn avait posée sur la table.

— Essayons, dit-elle.

Alors ils se turent un bon moment, chacun plongé dans ses pensées ; on aurait dit un de ces couples qui s'aiment depuis un temps infini et qui n'ont plus besoin de se parler.

Ce soir-là Jasper Gwyn fit une chose ridicule : il se mit nu devant son miroir et se regarda longuement. Il le fit parce qu'il était convaincu que Rebecca, chez elle, simultanément, s'adonnait au même exercice.

Le lendemain ils allèrent ensemble visiter l'atelier. Jasper Gwyn lui expliqua pour la clé et tout le reste. Il lui expliqua qu'ils travailleraient volets fermés et lumière allumée. Il insista sur le fait qu'en sortant, elle ne devait surtout rien éteindre. Il lui dit qu'il avait promis à un vieux monsieur de ne jamais le faire. Elle ne posa aucune question, mais objecta qu'elle ne voyait pas d'éclairage. Cela va venir, dit Jasper Gwyn. Alors elle alla s'étendre sur le lit, et resta un peu là, à fixer le plafond. Jasper Gwyn s'affairait au-dessus, dans la salle de bains : il ne voulait pas se retrouver seul avec elle, dans le silence de l'atelier, avant l'heure. Il ne descendit que lorsqu'il entendit ses pas sur le parquet.

Avant de sortir, Rebecca jeta un dernier coup d'œil autour d'elle.

— Vous serez où, vous ? demanda-t-elle.

— Oubliez-moi. Je n'existe pas.

Rebecca sourit, et esquissa une charmante grimace, pour dire que oui, elle avait compris, et que tôt ou tard elle finirait par s'habituer.

Ils se mirent d'accord pour commencer le lundi suivant.

25

Au bout du compte, deux ans, trois mois et douze jours s'étaient écoulés depuis que Jasper Gwyn avait communiqué au monde qu'il arrêtait d'écrire. Quelles qu'aient été les conséquences de cette décision à l'échelle publique, il n'en avait pas eu connaissance. Par une vieille habitude son courrier arrivait chez Tom, et dernièrement Jasper Gwyn lui avait dit que ce n'était pas la peine de le lui faire suivre, car de toute façon il ne l'ouvrait même plus. Les journaux, il les lisait rarement, et n'allait jamais sur Internet. De fait, suite à la publication de la liste des cinquante-deux choses qu'il ne ferait jamais plus, Jasper Gwyn avait peu à peu sombré dans un isolement que d'autres auraient interprété comme un déclin, mais que lui tendait à vivre comme un soulagement. Il s'était convaincu qu'après douze années d'une vie publique contre nature, rendue inévitable par son métier d'écrivain, il méritait bien une forme de convalescence. Il imaginait, probablement, que lorsqu'il aurait recommencé à travailler, dans sa nouvelle fonction de copiste, tous les fragments de sa vie se seraient ranimés et assemblés pour former à nouveau un tableau présentable. Ainsi, quand Jasper Gwyn sortit de chez lui, ce lundi, ce fut avec la certitude qu'il n'entrait pas simplement dans la première journée de son nouveau travail, mais dans une nouvelle phase de son existence. Ce qui explique pourquoi, une fois dehors, il se dirigea résolument vers son salon de coiffure habituel, avec l'intention précise de se faire raser la boule à zéro.

Il eut de la chance. Le salon était fermé pour rénovation.

Alors il perdit un peu de temps et, sur les coups de 10 heures, il se présenta au laboratoire du petit vieux de Camden Town, celui des ampoules. Ils s'étaient entendus par téléphone. L'artisan prit dans un coin un carton de pâtes italiennes usagé qu'il avait fermé avec un large scotch vert et dit que tout était prêt. Il refusa de le mettre dans le coffre du taxi et, durant tout le trajet, le garda sur ses genoux. Si ce carton était assez volumineux, son contenu était d'une légèreté évidente, et il y avait quelque chose d'irréel dans l'agilité avec laquelle le vieil homme descendit du taxi pour gravir les quelques marches qui menaient à l'atelier de Jasper Gwyn.

Une fois entré, il resta un instant immobile, debout, sans lâcher son carton.

— Je suis déjà venu ici.

— Vous aimez les motos d'époque ?

— Je ne sais même pas ce que c'est.

Ils ouvrirent le carton avec précaution et

en sortirent les dix-huit Catherine de Médicis. Elles étaient enveloppées individuellement dans un papier de soie très fin. Jasper Gwyn apporta l'échelle qu'il avait achetée chez un Indien au coin de la rue puis s'écarta. Le vieux passa un temps fou à déplacer l'échelle, monter, descendre, mais à la fin il obtint le résultat escompté : dix-huit Catherine de Médicis installées sur dix-huit suspensions réparties géométriquement au plafond. Même éteintes, elles faisaient déjà leur effet.

— Je vous laisse allumer ? demanda Jasper Gwyn, après avoir tiré les volets.

— Oui, c'est mieux, répondit le vieux, comme si une mauvaise pression sur l'interrupteur risquait de tout compromettre. À coup sûr, dans son esprit malade d'artisan, ce risque existait.

Il s'approcha du tableau électrique et, le regard fixé sur ses ampoules, appuya sur l'interrupteur.

Ils restèrent un moment silencieux.

— Je vous ai dit que je les voulais rouges ? demanda Jasper Gwyn décontenancé.

— Chut.

Pour une raison que Jasper Gwyn n'était pas en mesure de comprendre, les ampoules — qui avaient d'abord émis une lumière rouge très vive, transformant l'atelier en lupanar —, doucement changèrent d'intensité jusqu'à atteindre une nuance entre l'ambre et le bleu qu'on ne pouvait qualifier autrement qu'*enfantine*.

Le vieux marmonna quelque chose, satisfait.

— Incroyable, dit Jasper Gwyn. Il était profondément ému.

Avant de sortir, il lança la bande que lui avait préparée David Barber et dans la grande pièce commença à se déverser une cascade de sons qui semblait charrier, avec une lenteur prodigieuse, des amas de feuilles mortes et des harmonies brumeuses d'instruments à vent jouées par des enfants. Jasper Gwyn jeta un dernier coup d'œil autour de lui. Tout était prêt.

— Sans vouloir me mêler de ce qui ne me regarde pas, qu'est-ce que vous fabriquez là-dedans ? demanda l'artisan.

— Je travaille. Je suis copiste.

Le vieil homme hocha la tête. Il était en train de noter qu'il n'y avait pas l'ombre d'une table dans la pièce et qu'en revanche trônaient en plein milieu un lit et deux fauteuils. Il savait cependant que chaque artisan a sa propre technique.

— J'ai connu jadis quelqu'un qui exerçait le métier de copiste, dit-il seulement.

Ils ne s'étendirent pas.

Ils déjeunèrent ensemble, dans un pub de l'autre côté de la rue. Quand ils se saluèrent, avec une chaleur décente, il était 14 h 45. Il restait à Jasper Gwyn un peu plus d'une heure avant l'arrivée de Rebecca, et il s'apprêtait à faire ce qu'il avait depuis plusieurs jours déjà, dans le détail, prévu de faire.

26

Il alla prendre le métro, la ligne Bakerloo, descendit à Charing Cross, et pendant environ deux heures, il tourna dans quelques librairies d'occasion cherchant, sans le trouver, un manuel sur l'utilisation des encres. Il acheta par accident une biographie de Rebecca West et vola, en la dissimulant dans sa poche, une anthologie d'haïkus du XVIIIe siècle. Vers 17 heures, il entra dans un café parce qu'il avait besoin d'aller aux toilettes. Assis à une table, sirotant son whisky, il feuilleta l'anthologie en se demandant pour la énième fois ce qu'il fallait avoir dans la tête pour rechercher une beauté comme celle-là. Quand il s'aperçut qu'il était déjà 18 heures, il sortit pour se rendre dans un petit supermarché biologique situé à proximité et, là, s'acheta deux-trois choses pour dîner. Puis il se dirigea vers la station de métro la plus proche, s'attardant un peu pour visiter une laverie qu'il trouva sur son chemin : depuis longtemps il caressait l'idée de rédiger un guide des cent meilleurs endroits où laver son linge à Londres, aussi ne manquait-il aucune occasion de prospecter. Il arriva chez lui à 19 h 20. Il prit sa douche, mit un disque de Billie Holiday et prépara son dîner, en réchauffant à feu doux une crème de lentilles qu'il nappa ensuite de parmesan râpé. Quand il eut fini de manger, il laissa tout sur la table et s'étendit sur le canapé, après avoir choisi les trois livres auxquels il consacrerait sa soirée. Il y avait un roman de Bolaño, l'intégrale des histoires de Carl Barks avec Donald Duck et le *Discours de la méthode* de Descartes. Dans le lot, au moins deux avaient changé la face du monde. Et le troisième ne lui avait pas fait outrage. À 21 h 15 le téléphone sonna. En temps normal Jasper Gwyn n'aurait pas répondu, mais on n'était pas en temps normal.

— Allô ?

— Allô, Rebecca à l'appareil.

— Bonsoir Rebecca.

Un long instant de silence s'interposa.

— Excusez-moi de vous déranger. Je voulais juste vous dire que j'y suis allée, aujourd'hui, à l'atelier.

— Je n'en doutais pas.

— Parce que je me suis demandée si je ne m'étais pas trompée de jour.

— Non, non, c'était bien aujourd'hui.

— Alors ça va, je peux aller me coucher tranquille.

— Certainement.

Une autre bouffée de silence passa.

— Je suis entrée et j'ai fait ce que vous m'avez dit.

— Très bien. Vous n'avez pas éteint la lumière, n'est-ce pas ?

— Non, j'ai tout laissé comme c'était.

— Parfait. Alors à demain.

— Oui.

— Bonne nuit Rebecca.

— Bonne nuit. Et pardon de vous avoir dérangé.

Jasper Gwyn retourna à sa lecture. Il était au cœur d'une histoire fantastique. Donald Duck était représentant au fin fond de l'Alaska. Il escaladait des montagnes et descendait des rivières en emportant toujours avec lui un prototype de la marchandise qu'il devait vendre. La chose amusante était la nature de cette marchandise : des orgues à tuyaux.

Ensuite il passa à Descartes.

27

Le jour suivant, par contre, il était déjà là quand Rebecca arriva.

Il s'était assis par terre, adossé au mur. Dans l'atelier se déroulait la boucle musicale de David Barber. Un fleuve lent.

Rebecca salua avec un sourire prudent. Jasper Gwyn fit un signe de tête. Il portait une veste légère et avait choisi pour l'occasion des chaussures en cuir, à lacets, marron clair. Elles lui donnaient un air sérieux. Professionnel.

Quand Rebecca commença à se déshabiller, il se leva pour aller mieux fermer les volets d'une des fenêtres, surtout parce qu'il lui paraissait inélégant de rester là, à regarder. Elle abandonna ses vêtements sur un des fauteuils. La dernière chose qu'elle retira fut un tee-shirt noir. Elle ne portait rien en dessous. Elle s'assit sur le lit. Sa peau très blanche, un tatouage au creux des reins.

Jasper Gwyn retourna s'asseoir par terre, à l'endroit où il était au départ, et se décida à regarder. Il fut surpris par les petits seins, et les grains de beauté secrets, mais ce n'était pas sur les détails qu'il eut envie de s'arrêter — il s'avérait plus urgent de comprendre l'ensemble, de ramener à une forme d'unité cette silhouette qui semblait, pour des raisons encore à éclaircir, n'avoir aucune cohérence. Il se dit que sans ses vêtements, elle donnait l'impression d'une forme aléatoire. Il perdit presque immédiatement la notion du temps, et le simple fait d'observer lui devint naturel. Parfois il baissait le regard, comme d'autres seraient remontés à la surface, pour respirer.

Pendant un long moment Rebecca resta assise sur le lit. Puis Jasper Gwyn la vit se lever et lentement mesurer la pièce, à petits pas. Les yeux rivés au sol, elle cherchait des points imaginaires où poser ses pieds, des pieds de fillette. À chaque mouvement, on pouvait croire qu'elle s'efforçait de rassembler des parties d'elle-même qui n'étaient pas destinées à rester ensemble. Son corps semblait résulter d'un effort de volonté.

Elle revint vers le lit, s'étendit sur le dos, la nuque posée sur l'oreiller. Elle gardait les yeux ouverts.

À 20 heures elle se rhabilla, et se rassit quelques minutes, enveloppée dans son imperméable, sur une chaise, pour respirer un peu. Enfin elle se leva et partit — juste un timide signe de salut.

Jasper Gwyn demeura immobile quelques instants. Lorsqu'il se leva, ce fut pour aller s'allonger sur le lit. Il fixa le plafond. Il avait calé sa tête dans le creux de l'oreiller laissé par Rebecca.

— Comment ça s'est passé ? demanda la dame au foulard imperméable.

— Je ne sais pas.

— Elle est bien, cette jeune femme.

— Je ne suis pas sûr qu'elle revienne.

— Pourquoi donc ?

— Tout cela est tellement absurde.

— Et alors ?

— Moi non plus, je ne suis pas sûr de revenir.

Mais le lendemain, il revint.

28

Il eut envie d'apporter un carnet. Il le prit pas trop petit, couleur crème. Ainsi, au crayon, il écrivait quelques mots de temps en temps, puis arrachait la page pour la fixer sur le parquet avec une épingle, choisissant à chaque fois un endroit différent, comme s'il posait des pièges à souris.

À un moment donné, il écrivit une phrase, et flâna un peu à travers la pièce avant de choisir un point, par terre, non loin de l'endroit où se trouvait alors Rebecca, debout, adossée contre un mur. Il se pencha et fixa la page sur le parquet avec l'épingle. Puis il leva le regard vers Rebecca. Il n'avait jamais été aussi près d'elle, depuis qu'ils avaient commencé. Rebecca le fixait dans les yeux. Elle le faisait avec bienveillance, sans intentions particulières. Ils continuèrent comme ça à se dévisager. Leur respiration était lente, suivant le fleuve musical de David Barber. Enfin, Jasper Gwyn baissa le regard.

Avant de partir, Rebecca traversa la pièce et alla se planter à l'endroit précis où Jasper Gwyn s'était recroquevillé, dans un coin, assis par terre. Elle s'assit à côté de lui, jambes tendues, cachant ses mains entre ses cuisses, l'une contre l'autre, paumes vers l'extérieur. Elle ne se tourna pas vers lui, elle était là simplement, la tête appuyée contre le mur. Jasper Gwyn se laissa alors envahir par sa proximité tiède, et son parfum ; jusqu'à ce que Rebecca se lève, se rhabille, et s'en aille.

Une fois seul, Jasper Gwyn prit encore quelques notes sur les pages de son carnet et fixa ces dernières sur le sol, en des points qu'il détermina avec une minutieuse attention.

29

Prisonnière de ces bouts de papier, Rebecca prit l'habitude, les jours suivants, de se déplacer en dessinant des trajectoires qui la menaient de l'un à l'autre, comme si elle cherchait le contour de quelque forme. Elle ne s'arrêtait jamais pour les lire, elle tournait juste autour. Lentement Jasper Gwyn vit changer son attitude, sa façon de se dévoiler, ses gestes, de moins en moins prévisibles. C'était peut-être le septième, ou le huitième jour, quand tout à coup il la vit s'animer sous ses yeux d'une beauté surprenante, sans faille. Cela ne dura qu'un instant, comme si elle savait pertinemment jusqu'où elle s'était aventurée, et qu'elle n'avait pas l'intention de s'y attarder. Aussi décala-t-elle son centre de gravité, levant une main pour arranger ses cheveux, et redevint imparfaite.

Ce même jour, à un moment donné, elle se mit à murmurer, à voix basse, couchée sur le lit. Jasper Gwyn ne pouvait entendre ses mots, et ne le voulait pas. Mais elle continua durant plusieurs minutes ; elle souriait de temps en temps, ou redevenait silencieuse, puis reprenait. Elle semblait raconter quelque chose à quelqu'un. En parlant, elle faisait glisser de haut en bas la paume de ses mains sur ses jambes étendues. Quand elle se taisait, ses mains s'arrêtaient. Sans même s'en apercevoir, Jasper Gwyn finit par s'approcher du lit, comme s'il cherchait à capturer un petit animal et qu'il se trouvait à quelques pas de son terrier. Pour seule réaction, elle abaissa le ton de sa voix, et continua à parler, mais bougeant à peine les lèvres, dans un frémissement qui cessait parfois, puis reprenait.

Le lendemain, tandis que Jasper Gwyn l'observait, ses yeux s'emplirent de larmes, mais ce fut un moment passager, un flux de pensées, ou de souvenirs en fuite.

Si Jasper Gwyn avait dû dire quand il commença à croire qu'il tenait quelque chose, il aurait probablement mentionné le jour où elle avait soudain enfilé sa chemise, sans que ce soit une manière de revenir sur une décision quelconque, mais plutôt une volonté de s'aventurer au-delà de ce qu'elle avait décidé. Elle la garda un peu comme ça, déboutonnée — jouant avec les poignets. Alors quelque chose en elle dérapa, pour ainsi dire, de façon *latérale*, et Jasper Gwyn sentit, pour la première fois, que Rebecca lui laissait entrevoir son portrait.

Cette nuit-là, il sortit se promener dans la rue et marcha pendant des heures, sans éprouver de fatigue. Il remarqua qu'il y avait des laveries qui ne fermaient jamais, et enregistra cette information avec une certaine satisfaction.

30

Il ne la voyait plus grosse, ni belle, et toutes les choses qu'il avait pu penser d'elle ou déceler en elle avant d'entrer dans cet atelier s'étaient radicalement dissoutes, voire n'avaient jamais existé. De même il ne voyait plus le temps passer, là-dedans, mais plutôt un instant unique se dérouler, toujours pareil. Il commençait à reconnaître, parfois, des passages de la boucle de David Barber, et leur répétition périodique, toujours identique, donnait à n'importe quel mouvement une fixité poétique face à laquelle le spectacle du monde, au-dehors, perdait tout charme. Le fait que tout prenne forme au cœur d'une seule lumière immobile aux reflets enfantins était source d'un bonheur infini. Les odeurs de l'atelier, la poussière qui se déposait sur les choses, la saleté à laquelle personne ne s'opposait — tout évoquait un animal en phase d'hibernation, respirant lentement, dérobé à la plupart des regards. À la dame au foulard imperméable qui cherchait à savoir, Jasper Gwyn parvint à expliquer qu'il y avait un je-ne-sais-quoi d'hypnotique dans tout cela, proche de l'effet d'une drogue. N'exagérons rien, dit la vieille dame. Et elle lui rappela que cela restait un travail, son travail de copiste. Essayez donc plutôt d'arriver à un résultat probant, ajouta-t-elle, sinon je vous renvoie tout droit devant vos écolières.

— Il reste combien de jours ? demanda Jasper Gwyn.

— Une vingtaine, je crois.

— J'ai encore du temps.

— Vous avez déjà écrit quelque chose ?

— Des notes. Rien qui ne mérite d'être lu.

— À votre place, je ne serais pas aussi tranquille.

— Je ne suis pas tranquille. J'ai juste dit que j'avais encore du temps. Je pensais commencer à paniquer d'ici quelques jours.

— Avec vous, les jeunes, il faut toujours remettre au lendemain.

31

Souvent il arrivait en retard, quand Rebecca était déjà dans l'atelier. Il pouvait s'agir d'une dizaine de minutes, mais parfois d'une heure. Il le faisait délibérément. Il aimait la trouver étrangère à elle-même, abandonnée au fleuve sonore de David Barber et dans cette lumière — tandis que lui était encore sous l'emprise de la réalité crue et du rythme du monde extérieur. Il entrait alors en faisant le moins de bruit possible et s'arrêtait sur le seuil, la cherchant du regard comme dans une grande volière : l'instant où il la repérait, c'était l'image la plus nette qu'il garderait en mémoire. Elle, avec le temps, s'était habituée et ne bougeait pas à l'ouverture de la porte ; elle se tenait comme elle se tenait. Depuis plusieurs jours désormais ils avaient renoncé à tout rituel de salut fortuit, au moment de se retrouver et de se quitter.

Un jour il entra et Rebecca dormait. Étendue sur le lit, légèrement tournée sur le côté. Elle respirait doucement. Jasper Gwyn approcha sans bruit un fauteuil au pied du lit. Il s'assit et la regarda longuement. Comme il ne l'avait encore jamais fait, de près, attentif aux détails, aux plis de son corps, aux nuances de blanc de sa peau, toutes ces petites choses. Le but n'était pas de les graver dans sa mémoire, elles ne serviraient pas pour son portrait ; mais cet exercice d'observation lui faisait découvrir une proximité clandestine qui l'aidait, en revanche, et lui permettait d'aller plus loin. Il laissa le temps s'écouler sans bousculer les idées qu'il sentait sur le point d'arriver, rares et désordonnées comme des gens passant une frontière. Soudain Rebecca ouvrit les yeux et le vit. Instinctivement elle referma les jambes. Puis lentement elle les écarta à nouveau, retrouvant la position qu'elle venait d'abandonner — elle le fixa quelques instants, et referma les yeux.

Jasper Gwyn resta près du lit, ce jour-là, et il s'approcha tellement de Rebecca qu'il fut naturel à la fin de la rejoindre, d'abord en traversant une torpeur pleine d'images, et glissant ensuite vers le sommeil, sans opposer de résistance, affalé dans son fauteuil. La dernière chose qu'il entendit fut la voix de la dame au foulard imperméable. Belle manière de travailler, disait-elle.

Mais cela parut normal à Rebecca, quand elle rouvrit les yeux — une chose qui devait arriver. L'écrivain endormi. Quelle étrange douceur. Elle descendit du lit silencieusement. Il était 20 heures passées. Avant de se rhabiller, elle s'approcha de Jasper Gwyn pour le regarder — cet homme, pensa-t-elle. Elle fit le tour du fauteuil, et comme il avait un coude posé sur l'accoudoir, la main flottant dans le vide, elle avança ses hanches vers cette main, presque jusqu'à l'effleurer, et demeura un instant immobile — les doigts de cet homme et mon sexe, pensa-t-elle. Elle se rhabilla sans faire de bruit. Elle sortit alors qu'il dormait encore.

Comme chaque soir, elle fit ses premiers pas dans la rue avec l'hésitation d'un animal qui vient de naître.

32

Elle rentra chez elle et un jeune homme l'attendait.

— Salut, Rebecca, dit-il.

— Je t'ai dit de me prévenir, quand tu reviens ici.

Mais sans même retirer son manteau, elle l'embrassa.

Plus tard, dans la nuit, Rebecca lui dit qu'elle avait un nouveau travail. Je pose pour un peintre, dit-elle.

— Toi ?

— Oui, moi.

Il rit.

— Nue, elle précisa.

— Sans blague.

— C'est pas mal comme travail. Tous les jours, quatre heures par jour.

— Oh quelle barbe, qu'est-ce qui t'a poussée à le faire ?

— L'argent. Il me donne cinq mille livres. Il faut bien le payer, d'une manière ou d'une autre, cet appartement. Tu veux t'en occuper ?

Le jeune homme était photographe, mais peu de gens semblaient disposés à le croire. Ainsi Rebecca se chargeait de tout, le loyer, les factures, le frigo à remplir. Lui disparaissait de temps en temps, puis revenait. Ses affaires étaient là. Rebecca résumait la situation en termes très élémentaires. Je me suis amourachée d'un connard, disait-elle.

Deux mois plus tôt, il lui avait dit qu'un de ses amis voulait la prendre en photo. Ils décidèrent de se voir un soir, chez elle. Ils burent beaucoup et pour finir Rebecca se retrouva nue sur le lit, avec ce gars qui la mitraillait. Ça lui était égal. À un moment donné son connard de petit ami s'était déshabillé et couché près d'elle. Ils avaient commencé à faire l'amour. Le gars continuait à mitrailler. Suite à cela, durant quelques jours, Rebecca n'avait plus voulu voir son connard de petit ami. Mais elle n'avait pas cessé de l'aimer pour autant.

Elle savait, du reste, que son corps la destinerait toujours à des amours absurdes. Aucun homme ne s'imagine désirer un corps comme le sien. Toutefois, l'expérience avait appris à Rebecca que beaucoup le désiraient en réalité, et que cela résultait souvent de quelque blessure difficile à admettre. En général, sans le savoir, les hommes ont peur du corps féminin. Dans certains cas, ils ont besoin de mépriser pour être excité, et le fait de posséder ce corps leur donne du plaisir. Il y avait presque toujours un besoin de perversion latent, comme si choisir cette beauté atypique impliquait nécessairement l'abandon des manifestations les plus simples et directes du désir. Ainsi, à vingt-sept ans, Rebecca avait déjà une kyrielle de souvenirs amers, dans lesquels elle aurait eu bien du mal à retrouver la douceur naturelle d'un moment d'amour pur. Ça lui était égal. Elle ne pouvait rien y faire.

Voilà pourquoi elle restait avec son connard

de petit ami. Voilà pourquoi elle n'avait pas été surprise quand Jasper Gwyn lui avait fait cette proposition. C'était exactement le genre de chose qu'elle avait appris à attendre de la vie.

33

Le lendemain matin, elle laissa le connard endormi dans son lit, et sortit sans prendre sa douche. Elle avait une nuit de sexe sur la peau et l'idée de l'emporter avec elle, tout entière, lui plaisait. Aujourd'hui il va falloir m'accepter comme ça, cher Jasper Gwyn, voyons un peu quel effet ça te fait.

Pendant quatre heures, le matin, elle allait encore travailler chez Tom. Elle vénérait cet homme. Depuis qu'un accident de voiture, trois ans plus tôt, l'avait cloué sur une chaise roulante, il avait construit autour de lui un bureau énorme, une sorte de royaume, dont il était le Dieu. Il s'était entouré d'employés de tout genre, certains très vieux, d'autres complètement fous. Il était sans cesse pendu au téléphone. Il payait peu et rarement, mais ça, c'était un détail. Il avait une telle énergie, et générait tant de vie autour de lui, que les gens finissaient par l'adorer. Il faisait partie de ceux qui, si par hasard vous veniez à crever, le prendraient comme une atteinte personnelle.

Concernant l'histoire du portrait il ne lui avait jamais rien dit. Une fois seulement, alors que cela faisait déjà quelques jours que Rebecca se rendait l'après-midi à l'atelier de Jasper Gwyn, il était passé près d'elle dans sa chaise roulante et, pilant devant son bureau, avait lâché :

— Si je te demande quelque chose, dis-moi d'aller me faire foutre.

— D'accord.

— Comment se comporte le vieux Jasper ?

— Allez vous faire foutre.

— Parfait.

Ainsi à 13 heures elle se levait, prenait ses affaires et passait saluer Tom. Tous deux savaient où elle allait, mais faisaient semblant de rien. De temps en temps il jetait juste un coup d'œil à sa tenue. Il pensait peut-être pouvoir en déduire quelque chose, qui sait.

Pour se rendre à l'atelier de Jasper Gwyn, elle prenait le métro mais descendait toujours à la station précédente, pour marcher un peu, avant de se mettre au travail. En chemin, elle faisait tourner la clé dans sa main. C'était là sa manière de commencer la séance. Une autre chose qu'elle faisait était de réfléchir à l'ordre dans lequel elle allait enlever ses vêtements. Bizarre, mais à force d'évoluer près de cet homme au quotidien, elle finissait par acquérir une forme de précision dans ses gestes qu'elle n'aurait jamais crue nécessaire. Cela portait à croire que tout ne se valait pas et que quelqu'un, quelque part, orchestrait chacun de nos actes — un jour, certainement, ce quelqu'un nous en demanderait compte.

Elle tournait la clé dans la serrure et entrait.

Elle ne percevait pas tout de suite sa présence, ou son absence. Elle avait appris que ce n'était pas important. Toutefois elle ne se sentait pas en sécurité tant qu'elle ne le voyait pas — ni tranquille tant qu'il ne la regardait pas. Elle n'aurait pu l'imaginer, avant, mais la chose précisément la plus absurde — cet homme qui l'épiait — était devenue un point d'ancrage incontournable, sans lequel elle ne pouvait se retrouver pleinement. Troublée, elle s'aperçut qu'elle prenait conscience d'être nue uniquement lorsqu'elle était seule ou qu'il ne la regardait pas. Par contre sa nudité devenait naturelle quand il l'observait, et elle avait alors l'impression d'être vêtue, et accomplie, comme une œuvre d'art. Au fil des jours elle se surprit à désirer qu'il s'approche, et souvent, son obstination à rester collé au mur, réticent à cueillir ce qu'elle lui aurait accordé sans aucune difficulté, la frustrait. Aussi arrivait-il que ce soit elle qui s'approche, mais ce n'était pas simple, il fallait être capable d'éviter tout comportement pouvant s'apparenter à une tentative de séduction — elle en venait à être brusque, dans ses gestes, et inexacte. C'était toujours lui qui rétablissait une distance indolore.

La fois où elle arriva avec sa nuit de sexe sur la peau, Jasper Gwyn ne se montra pas. Rebecca eut le temps de faire des calculs, dix-huit jours étaient passés depuis qu'ils avaient commencé. Elle remarqua qu'au plafond il y avait aussi dix-huit ampoules. Fou comme il était, il se pouvait fort bien que Jasper Gwyn attribue à cette coïncidence une signification particulière — c'était sans doute pour cela qu'il n'était pas venu. Elle se rhabilla à 20 heures précises, et mit beaucoup de temps pour rentrer chez elle — comme si, d'abord, elle attendait qu'on lui rende quelque chose.

34

Le jour suivant également Jasper Gwyn ne vint pas. Rebecca sentit les heures passer avec une lenteur exaspérante. Elle était sûre qu'elle allait le voir apparaître, mais il n'en fut rien, et quand elle se rhabilla, à 20 heures précises, elle le fit avec colère. Dans la rue, en marchant, le soir, elle se dit qu'elle était idiote, que c'était juste un travail, qu'elle s'en fichait après tout — mais en même temps elle essayait de se rappeler si elle n'avait pas perçu quelque chose d'étrange, chez lui, la dernière fois qu'ils s'étaient vus. Elle le revoyait le nez dans son carnet, rien d'autre.

Le lendemain elle arriva en retard, exprès : d'une poignée de minutes seulement, mais pour Jasper Gwyn, elle le savait, c'était une énormité. Elle entra, l'atelier était désert. Rebecca se déshabilla mais ne put trouver le cynisme, ou la légèreté, pour ne penser à rien — condamnée à mesurer son anxiété qui allait crescendo. Elle n'arrivait pas à faire ce qu'elle devait faire — être soi-même, simplement — pourtant elle se rappelait très bien comme ça lui avait semblé facile, le premier jour, quand il ne s'était pas présenté. Évidemment, il s'était passé quelque chose entre-temps — une sorte de pérégrination. Maintenant elle ne pouvait plus revenir en arrière, d'aucune façon, d'ailleurs sans lui aucun chemin ne s'offrait à elle.

Tu es bête, pensa-t-elle.

Il a dû tomber malade. Il doit travailler chez lui. Il a peut-être déjà fini. Il est peut-être *mort.*

Mais elle savait que ce n'était pas possible, parce que Jasper Gwyn était un homme exact, même dans l'erreur.

Elle s'étendit sur le lit et, pour la première fois, sentit poindre en elle un sentiment de peur, à rester là toute seule. Elle se demanda si elle avait bien fermé à clé. Elle refit le calcul, pour être vraiment sûre, elle ne l'avait pas vu depuis trois jours. Dans sa tête défilèrent à nouveau ces trois après-midi remplis de rien. Ce fut encore pire. Détends-toi, se dit-elle. Il va arriver. Elle ferma les yeux et commença à se caresser ; d'abord lentement, le corps, puis entre les jambes. Sans penser à rien de particulier, et ça lui fit du bien. Elle se tourna légèrement sur le côté, parce qu'elle aimait le faire comme ça. Elle rouvrit les yeux, face à la porte d'entrée. Elle va s'ouvrir et je ne m'arrêterai pas, pensa-t-elle. Il n'existe pas, moi j'existe, et voilà ce que j'ai envie de faire maintenant, cher Jasper Gwyn. J'ai envie de me caresser. Ouvre seulement cette porte, et voyons ce que tu pourras écrire. Je continuerai à le faire, jusqu'au bout, peu m'importe si tu m'observes. Elle referma les yeux.

À 20 heures elle se leva, se rhabilla, et rentra chez elle. Elle pensa qu'il restait une dizaine de jours, guère plus. Elle ne parvenait pas à savoir si c'était peu ou beaucoup. Une éternité minuscule.

35

Le jour suivant elle entra et Jasper Gwyn était assis sur une chaise, dans un angle de la pièce. On aurait dit un gardien de musée qui veillait sur une œuvre contemporaine.

Instinctivement Rebecca se raidit. Elle lui jeta un regard interrogateur. Lui se limita à la fixer. Alors elle, pour la première fois depuis que tout cela avait commencé, parla.

— Trois jours que vous n'êtes pas venu, lança-t-elle.

Là, elle découvrit l'autre homme. Il se tenait debout, dos au mur, dans un coin.

Deux hommes, il y en avait un autre, assis sur la première marche de l'escalier qui montait à la salle de bains.

Rebecca haussa le ton de sa voix et dit que ce n'était pas dans le pacte, sans toutefois préciser à quoi elle se référait. Elle dit encore qu'elle se considérait libre d'arrêter quand elle le souhaitait, et que s'il pensait que pour cinq mille livres il pouvait tout se permettre il se mettait le doigt

110

dans l'œil. Puis elle resta plantée là, immobile, parce que Jasper Gwyn n'avait pas l'air de vouloir répondre.

— Quel plan de merde! lâcha-t-elle, en s'adressant surtout à elle.

Elle alla s'asseoir sur le lit, tout habillée, et pendant un bon moment ne bougea plus.

Il y avait cette musique de David Barber.

Elle décida de ne pas avoir peur.

C'était à eux, le cas échéant, d'avoir peur d'elle.

Elle se déshabilla avec des gestes secs, se leva, et commença à marcher dans la pièce. Elle restait à distance de Jasper Gwyn, mais passait à côté des deux autres hommes, sans les regarder; où diable a-t-il pu aller les chercher? pensa-t-elle. Elle piétinait les notes, d'abord juste en passant dessus, puis en les déchirant carrément avec la plante des pieds, elle sentait les têtes d'épingle lui griffer la peau — ça lui était égal. Elle en choisissait certaines qu'elle détruisait, d'autres qu'elle épargnait. Elle s'imagina en domestique, dans un château le soir, éteignant les chandelles dans toutes les pièces à l'exception de quelques-unes, conformément aux règles de la maison. L'idée lui plut et peu à peu elle ravala sa colère, adoptant plutôt la délicatesse qu'on aurait attendue de ce domestique. Elle ralentit le pas, et la dureté de son regard s'estompa. Elle continuait à éteindre ces bouts de papier, mais avec un soin différent, presque en douceur. Lorsqu'elle estima avoir fini — sans trop savoir ce qu'elle avait commencé — elle retourna s'allonger sur le lit et plongea la tête dans l'oreiller, en fermant les yeux. Elle n'éprouvait plus de colère, et s'étonna même de sentir une sorte de sérénité l'envahir ; elle attendait cela depuis des jours. Rien ne bougeait autour d'elle, quand soudain elle entendit quelque chose, des pas, puis le bruit sec d'une chaise, ou de plusieurs chaises, déplacées près du lit. Elle n'ouvrit pas les yeux, n'avait pas besoin de savoir. Elle se laissa absorber par une obscurité muette, et cette obscurité n'était autre qu'elle-même. Elle pouvait le faire, sans peur, et facilement, parce que quelqu'un l'observait — elle s'en rendit tout de suite compte. Pour une raison qui lui échappait, elle était enfin seule, parfaitement seule, comme on ne l'est jamais — ou rarement, pensa-t-elle, dans certaines étreintes amoureuses. Elle atterrit très loin, loin de toute temporalité, en lisière du sommeil sans doute, pensant par moments à ces deux hommes ; la toucheraient-ils ? et au troisième, le seul pour lequel elle était là, vraiment.

Elle ouvrit les yeux, craignant qu'il ne soit tard. Dans l'atelier il n'y avait plus personne. À côté du lit, une chaise, une seule. Elle l'effleura en sortant. Lentement, du dos de la main.

36

Quand elle entra dans l'atelier à 16 heures pile le jour suivant, la première chose qu'elle remarqua fut que les notes de Jasper Gwyn étaient de nouveau à leur place, pas même froissées, remises au propre, avec leur épingle et tout. Il y en avait des centaines, maintenant. Elles ne donnaient pas l'impression d'avoir été piétinées. Rebecca leva les yeux et Jasper Gwyn était là, assis par terre, à l'endroit qui semblait être devenu sa tanière, le dos appuyé contre le mur. Chaque chose était à sa place, la lumière, la musique, le lit. Les chaises alignées d'un côté de la pièce, bien droites, à l'exception de celle que lui utilisait ponctuellement, restée dans un coin, le carnet couleur crème posé par terre. Quelle sensation de paix, se dit-elle — je ne l'avais encore jamais éprouvée.

Elle retira ses vêtements, prit une chaise, la posa où bon lui sembla, pas trop près de Jasper Gwyn, pas trop loin non plus, et s'assit. Ils restèrent ainsi longtemps, lui l'observait par intermittence, sinon il fixait un point dans la pièce, en faisant des petits gestes en l'air, comme pour suivre quelque musique. Son carnet semblait lui manquer, il le chercha une fois ou deux du regard, puis finalement renonça à aller le chercher, il préférait rester appuyé contre le mur. Jusqu'à ce que, tout à coup, Rebecca se mette à parler.

— Cette nuit j'ai pensé à quelque chose.

Jasper Gwyn se tourna vers elle, surpris.

— Oui, je sais, je ne devrais pas parler, je ne vais pas être longue.

Sa voix était posée, tranquille.

— Mais il y a une chose stupide que j'ai décidé de faire. Je ne sais pas vraiment si je le fais pour moi ou pour vous, simplement cela me semble juste, comme est juste ici la lumière, la musique, tout, sauf une chose. Alors voilà ce que j'ai décidé de faire.

Elle se leva, s'approcha de Jasper Gwyn, et s'agenouilla devant lui.

— C'est stupide, excusez-moi. Mais laissez-moi faire.

Sur ces mots, comme elle aurait fait avec un enfant, elle se pencha vers lui et lentement lui retira sa veste. Jasper Gwyn n'opposa pas de résistance. Il parut rassuré de voir Rebecca plier sa veste de la bonne manière et la déposer par terre avec soin.

Ensuite elle déboutonna sa chemise, sans toucher aux boutons des poignets. Elle la lui ôta et, là aussi, la plia soigneusement avant de la poser sur la veste. Elle sembla satisfaite, et pendant un moment ne bougea plus.

Puis elle recula un peu et se baissa pour défaire les chaussures de Jasper Gwyn. Elle les lui retira. Il cacha ses pieds sous la chaise car tous les humains de sexe masculin sont gênés de montrer leurs chaussettes. Cependant elle sourit et les lui enleva également. Enfin elle mit tout en ordre, comme il aurait pu le faire, lui, en veillant à ce que rien ne dépasse.

Elle regarda Jasper Gwyn et dit que c'était bien mieux comme ça.

— Voilà qui est beaucoup plus juste, dit-elle.

Elle se releva pour aller s'asseoir sur sa chaise. C'était stupide, mais son cœur cognait dans sa poitrine comme si elle venait de courir — elle n'avait pas imaginé la scène autrement, dans la nuit, quand ça lui était venu à l'esprit.

Jasper Gwyn promena à nouveau son regard autour de lui, toujours en faisant ses petits gestes en l'air. Rien ne semblait avoir changé, pour lui. Soudainement il ressemblait à un animal, pensa toutefois Rebecca. Elle observait son torse maigre, ses bras secs, et se rappela le temps où Jasper Gwyn était pour elle un écrivain parmi d'autres, une photographie, quelques interviews — de longues soirées de lecture, captivante. Elle se rappela quand Tom l'avait envoyée à la laverie, la première fois, avec ce téléphone portable. Elle avait trouvé cela complètement fou, alors Tom avait pris le temps de lui expliquer quel drôle de type était ce Jasper Gwyn. Il lui avait raconté que dans son dernier livre, il y avait une dédicace. Elle s'en souvenait peut-être : *à P., adieu.* Il lui dit que P, c'était Paul. Paul était un enfant de quatre ans, et Jasper Gwyn était son père. Ils ne s'étaient jamais vus cependant, pour la simple raison que Jasper Gwyn avait décidé qu'il ne serait jamais père, sous aucun prétexte. Il était capable de l'affirmer avec la plus grande douceur et la plus grande fermeté. Et il lui raconta une autre chose. Il y avait au moins deux autres livres de Jasper Gwyn qui circulaient dans le monde : mais pas sous son nom, et naturellement il n'allait pas s'amuser à lui dire lesquels. Pour finir, Tom lui avait pointé son stylo-bille sur le front en faisant un bruit avec sa bouche, comme un souffle.

— C'est un effaceur de mémoire, il lui avait expliqué. Tu ne sais rien.

Elle avait pris le téléphone portable et était allée à la laverie. Elle le revoyait très bien, cet homme, assis au milieu des machines à laver, élégant, les mains oubliées sur ses genoux. Elle avait cru voir une sorte de divinité, parce qu'elle était encore jeune, et que c'était la première fois qu'elle le rencontrait. À un moment donné, il avait essayé de dire quelque chose à propos de Tom et d'un frigo, mais elle avait du mal à se concentrer, parce qu'il parlait sans regarder dans les yeux, et avec une voix qu'elle avait l'impression de connaître depuis toujours.

À présent cet homme était là, son torse maigre, ses bras secs, ses pieds nus l'un sur l'autre — une élégante carcasse animale, majestueuse. Rebecca mesura quelle distance on est parfois amené à parcourir, et combien sont mystérieux les chemins de l'expérience qui peuvent un jour vous faire asseoir sur une chaise, nue, et vous soumettre au regard d'un homme qui a trimbalé sa folie pendant de longues années, jusqu'à lui donner sens et en faire un refuge pour lui et pour vous. Il lui vint à l'esprit que chaque page qu'elle avait lue de cet homme constituait déjà une invitation à le rejoindre dans ce refuge, et qu'au fond rien ne s'était passé, depuis lors, absolument rien — peut-être un lent alignement de corps, toujours retardé.

À partir de cette séance, Jasper Gwyn se mit à travailler vêtu uniquement d'un vieux pantalon de mécanicien. Il avait ainsi un petit air de peintre fou, ce qui ne gâchait rien.

37

Encore quelques jours passèrent, et un après-midi une ampoule s'éteignit. Le vieux de Camden Town avait bien respecté les consignes. Elle s'éteignit sans hésitation et silencieuse comme un souvenir.

Rebecca se tourna pour la regarder — elle était assise sur le lit, ce fut une sorte d'imperceptible frémissement de l'espace. Elle eut une bouffée d'angoisse, incontrôlable. Jasper Gwyn lui avait expliqué comment tout cela se terminerait, et maintenant elle savait ce qui allait arriver, mais elle ignorait avec quelle rapidité ou quelle lenteur. Depuis longtemps elle ne comptait plus les jours, et elle n'avait jamais voulu réfléchir à ce qu'il adviendrait après. Elle avait peur d'y réfléchir.

Jasper Gwyn se leva, marcha jusqu'à se placer sous l'ampoule éteinte et l'observa, avec un intérêt presque scientifique. Il ne semblait pas inquiet. Il devait se demander pourquoi celle-là. Rebecca sourit. Elle se dit que si lui n'avait pas peur, elle n'aurait pas peur non plus. Elle s'assit sur le lit et, de là, vit Jasper Gwyn tourner dans l'atelier, tête baissée, s'intéressant pour la première fois à ces bouts de papier qu'il avait fixés au sol et n'avait plus jamais regardés. Il en ramassa un, puis un autre. Il retirait l'épingle, prenait le papier, le mettait dans sa poche et allait poser l'épingle sur le rebord d'une fenêtre, toujours le même. Il était tout absorbé à sa tâche et Rebecca se rendit compte qu'elle aurait très bien pu s'en aller, il ne s'en serait probablement pas aperçu. Quand s'éteignit la deuxième ampoule, ils se tournèrent ensemble pour la regarder, un instant. On aurait dit qu'ils guettaient les étoiles filantes dans un ciel d'été. À un moment donné, Jasper Gwyn sembla se souvenir d'une chose et alla baisser le volume de l'enregistrement de David Barber. La main sur le bouton, il gardait les yeux rivés sur les ampoules, en quête d'une symétrie millimétrée.

Ce jour-là Rebecca rentra chez elle et pria son connard de petit ami de bien vouloir partir, juste quelques jours — elle dit qu'elle avait besoin d'être seule, pendant un temps. Et je vais où ? demanda le connard. Où tu veux, répondit-elle.

Le lendemain elle n'alla pas travailler chez Tom.

Elle avait pris conscience qu'elle était en train de terminer quelque chose et entendait le faire bien, s'y consacrer pleinement.

Une idée similaire avait dû traverser l'esprit de Jasper Gwyn, parce que lorsqu'elle entra dans l'atelier, cet après-midi-là, Rebecca découvrit les restes d'un dîner, par terre, dans un coin, et comprit que Jasper Gwyn n'était pas rentré chez lui la veille au soir — il ne rentrerait plus avant que tout soit terminé. Elle se dit qu'il était tellement exact, cet homme.

38

De temps en temps, en marchant, elle passait dans les taches d'ombre, comme pour tenter de disparaître. Jasper Gwyn la regardait alors, laissant agir l'obscurité. Puis il replongeait dans ses pensées. Il semblait heureux, tranquille, au milieu des restes de ses dîners, pas rasé, les cheveux ébouriffés par les nuits passées à même le sol. Rebecca l'observait et se disait qu'il était irrémédiablement délicieux. Dieu sait s'il avait trouvé ce qu'il cherchait. Il était impossible de lire sur son visage la moindre satisfaction, pas plus qu'une déception quelconque. Il affichait juste une concentration fébrile, mais maîtrisée. Il restait encore quelques notes par terre, à ramasser. Il les froissait et les glissait dans sa poche, tournant le regard vers les ampoules à l'instant où elles abdiquaient.

À un moment donné il alla s'asseoir à côté d'elle, sur le lit, et comme si c'était la chose la plus naturelle au monde, il se mit à lui parler.

— Vous savez Rebecca, je crois avoir compris une chose.

Elle attendait la suite.

— Je pensais au départ que le silence était absolument nécessaire. J'ai la hantise des bavardages, je ne pouvais imaginer bavarder avec vous. Et puis je craignais que cela vire à la psychanalyse ou à la confession. Une perspective glaçante, vous ne trouvez pas?

Rebecca sourit.

— Seulement, voyez-vous, je me trompais, ajouta Jasper Gwyn.

Il marqua une courte pause.

— La vérité c'est que si je veux vraiment faire ce métier, je dois accepter de parler, ne serait-ce qu'une fois, ou deux maximum, au bon moment, mais je dois être capable de le faire.

Il leva les yeux vers Rebecca.

— À peine, dit-il.

Elle fit oui de la tête. Elle était complètement nue, assise à côté d'un homme en pantalon de mécanicien, et la situation lui paraissait on ne peut plus naturelle. La seule chose qu'elle se demandait était en quoi cela pouvait être utile à cet homme.

— D'ailleurs, avant qu'il ne soit trop tard, j'aimerais vous poser une question, continua Jasper Gwyn.

— Allez-y.

Il se lança. Elle réfléchit, et répondit. C'était une question sur le rire et les larmes.

Ils échangèrent encore un peu.

Puis il lui posa une autre question qui concernait les enfants. Le fait d'avoir des enfants, précisa-t-il.

Et une autre sur les paysages.

Ils parlaient à voix basse, calmement.

Jusqu'à ce qu'il opine du chef et se lève.

— Merci, dit-il.

Il ajouta que cela n'avait pas été si difficile. Il faisait mine de s'adresser à lui-même, toutefois il se tourna vers Rebecca, comme s'il attendait une forme de réponse.

— Non, cela n'a pas été difficile, dit-elle alors. Elle dit que rien, en ce lieu, n'était difficile.

Jasper Gwyn alla baisser le volume de la musique et la boucle de David Barber fut comme absorbée par les murs, ne laissant qu'un vague sillage, derrière elle, dans la lumière fragile des six dernières ampoules.

39

La dernière, ils l'attendirent en silence, le trente-sixième jour de cette étrange expérience. Quand 20 heures sonnèrent, il leur sembla évident qu'ils allaient patienter ensemble, car plus aucune temporalité ne comptait en dehors de celle inscrite dans les filaments de cuivre générés par le talent fou du petit vieux de Camden Town.

À la seule lueur des deux dernières ampoules, l'atelier était déjà un trou noir, encore animé par deux pupilles de vie. Lorsqu'il n'en resta qu'une, la vie n'était qu'un frémissement.

Ils l'observaient de loin, sans oser s'approcher, comme s'ils craignaient de la souiller.

La nuit tomba, et elle s'éteignit.

À travers les fenêtres occultées, filtrait la lumière suffisante pour dessiner le contour des choses, mais pas d'emblée, juste pour l'œil habitué à l'obscurité.

Tout semblait figé, hormis eux deux qui résistaient, encore vivants.

Rebecca n'avait jamais éprouvé une telle intensité. Elle se dit qu'à cet instant n'importe quel geste aurait été inapproprié et, en même temps, elle comprit que le contraire était vrai aussi, à savoir qu'à cet instant il était impossible de faire un geste déplacé. Ainsi elle imagina un tas de choses et, pour certaines, elle avait commencé à les imaginer beaucoup plus tôt. Soudain, elle entendit la voix de Jasper Gwyn.

— Je crois que je vais attendre ici la lueur de l'aube. Mais vous bien sûr vous pouvez partir, maintenant, Rebecca.

Il y avait une sorte de douceur dans sa voix susceptible d'évoquer également le regret, alors Rebecca s'approcha de lui et, lorsqu'elle trouva les bons mots, dit qu'elle aimerait attendre là à ses côtés — simplement.

Mais Jasper Gwyn ne dit rien, et elle comprit.

Elle se rhabilla lentement, pour la dernière fois, et s'arrêta devant la porte.

— Je suis persuadée que je devrais dire quelque chose de spécial, mais pour être sincère il ne me vient rien du tout.

Jasper Gwyn sourit dans le noir.

— Ne vous en faites pas, je connais bien le problème.

Ils se saluèrent en se serrant la main, et cela leur parut à tous les deux d'une justesse et d'une stupidité mémorables.

40

Jasper Gwyn mit cinq jours à rédiger le portrait — il le fit chez lui, sur son ordinateur, en sortant de temps en temps pour marcher un peu, ou manger quelque chose. Il travaillait en écoutant en boucle des disques de Frank Sinatra.

Lorsqu'il estima avoir fini, il copia le fichier sur un CD qu'il porta chez un imprimeur. Il choisit un papier vergé assez épais au format carré et une encre bleue tirant sur le noir. Ensuite, la mise en page devait être suffisamment aérée sans devenir frivole. Pour les caractères il s'orienta, après une longue réflexion, vers une police qui ressemblait à s'y méprendre aux lettres qui jadis sortaient des machines à écrire : dans le rond des O on devinait même une discrète bavure. Il ne voulait pas de reliure. Il en demanda deux exemplaires. À la fin, l'imprimeur était visiblement éprouvé.

Le lendemain Jasper Gwyn passa des heures à chercher le papier de soie à ses yeux le plus approprié et une chemise en carton avec des élastiques ni trop grande, ni trop petite, qui ne fasse pas trop chemise. Il trouva le tout dans une papeterie en instance de fermeture, après quatre-vingt-six années d'activité, qui écoulait ses stocks.

— Pourquoi fermez-vous? lança-t-il, arrivé à la caisse.

— Le patron prend sa retraite, répondit, sans émotion, une jeune femme à la chevelure insignifiante.

— Il n'a pas d'enfants? insista Jasper Gwyn.

La jeune femme leva les yeux.

— Si, moi.

— Bien.

— Vous voulez une pochette cadeau ou c'est pour vous?

— C'est un cadeau pour moi.

La jeune femme poussa un soupir qui pouvait signifier beaucoup de choses. Elle enleva les prix et glissa le papier et la chemise dans une élégante enveloppe fermée par une petite ficelle dorée. Alors elle raconta que son grand-père avait ouvert ce magasin en revenant de la Première Guerre mondiale, en y investissant toutes ses économies. Il n'avait jamais fermé, même sous les bombardements, en 1940. Il prétendait avoir inventé le système de fermeture des enveloppes où il fallait lécher le rabat. Mais c'était probablement un bobard, ajouta-t-elle.

Jasper Gwyn paya.

— On n'en trouve plus, des enveloppes comme ça, dit-il.

— Celles de mon grand-père étaient à la fraise.

— Vous êtes sérieuse?

— C'est ce qu'il disait. Au citron et à la fraise, mais les gens n'aimaient pas celles au citron, allez savoir pourquoi. En tout cas, moi, je me rappelle avoir testé, quand j'étais petite. Elles n'avaient aucun goût. Elles avaient un goût de colle.

— Reprenez-la, vous, la papeterie, hasarda Jasper Gwyn.

— Non. Moi, j'ai envie de chanter.

— Vraiment ? Du chant lyrique ?

— Du tango.

— Du tango ?

— Du tango.

— Fantastique.

— Et vous, que faites-vous ?

— Je suis copiste.

— Fantastique.

41

Le soir Jasper Gwyn relut les sept pages carrées qui, sur deux colonnes, contenaient le texte du portrait. Son idée était de les envelopper ensuite dans le papier de soie et d'insérer le tout dans la chemise à élastiques. Alors son travail serait terminé.

— Qu'en pensez-vous ?

— Vraiment pas mal, répondit la dame au foulard imperméable.

— Soyez sincère.

— Je le suis. Vous vouliez écrire un portrait et vous avez réussi. Franchement je n'aurais pas misé un penny là-dessus.

— Ah non ?

— Non. Écrire un portrait, a-t-on idée ! Mais maintenant j'ai lu vos sept pages, et je sais que cette idée tient la route. Vous avez trouvé le moyen de la concrétiser. Et je dois admettre que ce moyen est tout simplement génial. *Chapeau.*

— C'est aussi grâce à vous.

— Vous croyez ?

— Il y a pas mal de temps, vous ne vous en souvenez peut-être pas, vous m'aviez dit que si je devais être copiste il fallait que j'essaie plutôt de copier les gens, et pas des chiffres, ou des courriers médicaux.

— Si, je m'en souviens, c'est la seule fois où nous nous sommes rencontrés de mon vivant.

— Vous m'aviez dit que j'y arriverais très bien. À copier les gens, j'entends. Vous affichiez une assurance sans faille, comme si ce n'était pas la peine d'en discuter.

— Donc ?

— Je ne pense pas que cette idée de portrait me serait venue à l'esprit si vous ne m'aviez pas dit cela. De cette façon. Je suis sincère : sans vous, je n'en serais pas là.

Alors la dame se tourna vers lui avec l'air de ces vieilles institutrices qui entendent sonner à leur porte et découvrent en ouvrant ce dégonflé du deuxième rang, venu les remercier après avoir obtenu son diplôme. Elle fit un geste comme une caresse, en regardant toutefois ailleurs.

— Vous êtes un brave garçon, dit-elle.

Ils restèrent un moment silencieux. La dame au foulard imperméable brandit un grand mouchoir et se moucha. Elle posa ensuite une main sur le bras de Jasper Gwyn.

— Il y a une chose que je ne vous ai jamais racontée, reprit-elle. Vous voulez l'entendre ?

— Bien sûr.

— Ce jour-là, quand vous m'avez raccompagnée chez moi… Je n'ai cessé de penser au fait que vous ne vouliez plus écrire de livres, je n'arrivais pas à m'enlever de la tête que c'était sacrément dommage. Je n'étais même pas sûre de vous avoir demandé pourquoi, du moins je ne me rappelais pas avoir vraiment obtenu d'explication de votre part. En somme, quelque chose m'était resté en travers de la gorge, vous comprenez ?

— Oui.

— Ça a duré quelques jours. Puis un matin je vais chez l'épicier indien en bas de chez moi, et je tombe sur la couverture d'un magazine. Il venait d'arriver, il y en avait toute une pile sous les chips au fromage. Dans ce numéro ils avaient interviewé un écrivain, aussi sur la couverture il y avait son nom et une phrase, son nom écrit en gros et sa phrase entre guillemets. Cette dernière disait : « En amour, nous sommes tous des menteurs. » Je vous assure. Et attention, c'était un grand écrivain, je peux me tromper mais je crois qu'il a même eu le prix Nobel. Le reste de la couverture était occupé par une actrice discrètement dévêtue, qui promettait de raconter toute la vérité. Je ne sais plus sur quelle stupide affaire.

Elle se tut un instant, comme si elle cherchait à s'en souvenir. Et puis elle continua.

— Cela ne veut rien dire, je sais, mais en déplaçant la main de dix centimètres on pouvait prendre des chips au fromage.

Elle hésita un peu.

— En amour, nous sommes tous des menteurs, murmura-t-elle en secouant la tête. La phrase d'après, elle la hurla.

— Bien joué, Mr Gwyn!

Elle raconta qu'elle s'était mise à hurler comme ça, chez l'Indien, au milieu des clients qui se retournaient. Elle l'avait répété trois ou quatre fois.

Bien joué, Mr Gwyn!

On l'avait prise pour une folle.

— C'est une chose qui m'arrive souvent; d'être prise pour une folle, précisa-t-elle.

Alors Jasper Gwyn dit qu'il n'en connaissait pas deux comme elle, et lui demanda si elle n'avait pas envie de faire la fête, ce soir.

— Pardon?

— Que diriez-vous de venir dîner avec moi?

— Ne dites pas de bêtises, je suis morte, on me déteste dans les restaurants.

— Au moins un petit verre.

— En voilà une idée.

— Faites-le pour moi.

— Maintenant il est grand temps que je m'en aille.

Elle le dit d'une voix douce, mais ferme. Elle se leva, prit son sac et son parapluie, qui était toujours aussi pitoyable, et se dirigea vers la porte. Elle traînait un peu les pieds, avec cette démarche qu'on reconnaissait de loin. Quand elle s'arrêta, c'était parce qu'elle avait encore une chose à dire.

— Ne soyez pas mal élevé, apportez ces sept pages à Rebecca, et faites-les-lui lire.

— Vous croyez que c'est nécessaire ?

— Bien sûr.

— Mais que va-t-elle dire ?

— Elle dira : c'est moi.

Jasper Gwyn se demanda s'il la reverrait un jour, et il décida que oui, quelque part, mais pas avant plusieurs années, dans une autre solitude.

42

Il était dans une nouvelle laverie que des Pakistanais avaient ouverte derrière chez lui, quand un jeune homme en veste et cravate s'approcha ; il ne devait pas avoir plus de vingt ans.

— Vous êtes Jasper Gwyn ?

— Non.

— Mais si, dit le jeune homme, et il lui tendit un téléphone portable. C'est pour vous, dit-il.

Jasper Gwyn le prit, résigné. Un peu content aussi.

— Hé, Tom.

— Tu sais depuis combien de jours je ne t'ai pas appelé, vieux frère ?

— Dis-le-moi.

— Quarante et un.

— Un record.

— Tu peux le dire. Elle est comment, cette laverie ?

— Elle vient d'ouvrir, tu sais ce que c'est.

— Non, je ne sais pas, c'est Lottie qui s'occupe de mon linge.

Ils avaient un pari en cours, ainsi après avoir échangé deux ou trois conneries ils en vinrent au fait, à cette histoire de portrait.

— Rebecca est une tombe, alors il faut que tu me racontes, Jasper. Et en détail.

— Ici, à la laverie ?

— Pourquoi pas ?

En effet, il n'y avait aucune raison pour ne pas en parler là. À part ce jeune homme en veste et cravate qui lui tournait autour en bombant le torse. Jasper Gwyn lui jeta un regard et l'autre comprit. Il sortit de la laverie.

— Je l'ai fait. Il est réussi.

— Le portrait ?

— Oui.

— Il est réussi en quel sens ?

Jasper Gwyn n'était pas sûr d'arriver à l'expliquer. Il eut l'idée de se lever, faire les cent pas l'aiderait peut-être.

— Je ne savais pas exactement ce que pouvait signifier écrire un portrait et maintenant je le sais. Il existe une manière de faire qui a un sens. Après, sans doute qu'on peut réussir plus ou moins bien, en tout cas cela n'est pas impossible. Ce n'est pas qu'une lubie.

— Et quel fichu stratagème tu t'es inventé, on peut savoir ?

— Aucun, c'est une technique très simple. Mais effectivement, ça te vient quand ça te vient.

— Très clair.

— Allez, un jour je te l'expliquerai mieux.

— Ben, raconte-moi un peu.

— Que veux-tu savoir ?

— Quand va-t-on rendre à John Septimus Hill son bel appartement et signer ce beau contrat ?

— Jamais, je pense.

Tom se tut un moment, ce n'était pas bon signe.

— J'ai trouvé ce que je cherchais, Tom, c'est une bonne nouvelle.

— Pas pour ton agent !

— Je n'écrirai jamais plus de livres, Tom, et tu n'es pas mon agent, tu es mon ami, je crois d'ailleurs que tu es le seul, actuellement.

— Je suis supposé me mettre à pleurer, là ?

On sentait qu'il était contrarié, mais il ne le dit pas avec agressivité, c'était plutôt de l'embarras ou quelque chose de ce genre. Je suis supposé me mettre à pleurer ?

— Allez, Tom…

Tom comprenait que cette fois il n'arriverait plus à redresser la barre.

— Et maintenant ? demanda-t-il.

— Maintenant quoi ?

— Que va-t-il se passer maintenant, Jasper ?

Il y eut un long silence. Puis Jasper Gwyn dit quelque chose que Tom ne saisit pas bien.

— Parle dans le téléphone, Jasper !

— JE NE SAIS PAS EXACTEMENT.

— Ah, d'accord.

— Je ne sais pas exactement.

Mais ce n'était pas tout à fait vrai. Il avait bien une petite idée, et même assez précise. Il subsistait peut-être quelques zones d'ombre, mais il avait clairement à l'esprit une hypothèse sur ce qui allait suivre.

— Je suppose que je vais commencer à faire des portraits, simplifia-t-il.

— Je n'arrive pas à le croire.

— Je trouverai des clients et je ferai leur portrait.

Tom Bruce Shepperd posa le combiné et partit en marche arrière sur sa chaise roulante. Il sortit de son bureau, s'engagea avec une habileté surprenante dans le couloir et le remonta jusqu'à la porte, ouverte, de la pièce où travaillait Rebecca. Ce qu'il avait à dire, il le cria sans autre forme de procès.

— On peut savoir ce que ce mec a en tête, où il veut en venir et surtout pourquoi, pourquoi il a besoin d'inventer toutes ces conneries au lieu de faire ce qu'il…

Il s'aperçut que Rebecca n'était pas là.

— Et merde…

Il fit demi-tour et retourna dans son bureau. Il reprit le combiné.

— Jasper ?

— Je suis là.

Tom s'efforça de prendre une voix tranquille et y parvint.

— Je ne te lâcherai pas, dit-il.

— Je sais.

— Y a-t-il quelque chose que je peux faire pour toi?

— Sûrement, mais pour l'heure je ne vois pas quoi.

— Essaie d'y réfléchir calmement.

— D'accord.

— Tu sais où me trouver.

— Toi aussi.

— Dans les laveries.

— Par exemple.

Ils restèrent un moment silencieux.

— Jasper, selon toi, on a besoin d'un agent quand on fait des portraits?

— Je n'en ai pas la moindre idée.

— Je vais me renseigner.

Finalement ils n'en reparlèrent pas pendant des jours et même des semaines, parce qu'ils étaient conscients que cette histoire de portraits les éloignait; du coup ils tournaient autour sans jamais s'attaquer au cœur du problème, par peur que cela ne les éloigne inévitablement davantage, prêtant le flanc à une douleur dont ils ne voulaient ni l'un ni l'autre.

43

Deux jours après cette conversation téléphonique avec Tom, Jasper Gwyn revit Rebecca — le temps était doux, il avait décidé de lui donner rendez-vous à Regent's Park, dans cette allée où, en quelque sorte, tout avait commencé. Il avait avec lui la chemise contenant les sept pages imprimées. Il attendit assis sur un banc avec lequel il entretenait une certaine familiarité.

Ils ne s'étaient pas revus depuis l'épisode de la dernière ampoule, dans le noir. Rebecca arriva et il fallut alors trouver par où recommencer.

— Excusez-moi pour le retard. Il y a eu un suicide dans le métro.

— Vraiment ?

— Non, je suis juste en retard. Excusez-moi.

Elle avait mis des bas résille. On les devinait à peine, sous sa jupe longue. Une affaire de chevilles, guère plus. En attendant, c'étaient des bas résille. Jasper Gwyn remarqua également des boucles d'oreilles pour le moins spectaculaires. Elle ne portait pas ce genre de chose quand elle livrait des téléphones portables dans les laveries.

Il osa quelques compliments discrets, sans trouver les mots justes. Il en résulta d'affreuses banalités. Il s'apprêtait à changer de sujet lorsqu'il nota un détail qui le déconcerta, lui faisant oublier sur-le-champ les bas résille et tout le reste.

— Vous aimez Klarisa Rode ? demanda-t-il en indiquant le livre que Rebecca avait à la main.

— J'en suis folle. C'est Tom qui me l'a fait découvrir. Ça devait être une femme extraordinaire. Vous saviez qu'aucun de ses livres n'a été publié de son vivant ? Elle y était opposée.

— Oui, je le savais.

— Et on a ignoré leur existence pendant près de soixante ans. Leur découverte remonte seulement à une dizaine d'années. En avez-vous déjà lu un ?

Jasper Gwyn hésita un instant.

— Non.

— Dommage. Vous devriez.

— Vous les avez tous lus ?

— Ben, il n'y en a que deux. Mais vous savez, dans ces cas-là, on continue parfois à en sortir du tiroir pendant des années, donc je ne désespère pas.

Ils rirent.

Jasper Gwyn fixait toujours l'ouvrage de Klarisa Rode, aussi Rebecca lui demanda, en plaisantant, s'il l'avait fait venir ici pour parler de ses lectures.

— Non, non, excusez-moi, dit Jasper Gwyn.

Il sembla vouloir chasser quelque chose de ses pensées.

— Je vous ai fait venir ici parce que je dois vous donner ça.

Il prit la chemise et la lui tendit.

— Voici votre portrait.

Elle fit mine de le prendre, mais Jasper Gwyn le gardait dans ses mains parce qu'il allait ajouter quelque chose.

— J'aimerais vous demander de le lire ici, devant moi. Est-ce possible selon vous ? Cela m'aiderait.

Rebecca prit la chemise.

— Il y a longtemps que j'ai renoncé à vous dire non. Je peux ouvrir ?

135

— Oui.

Elle le fit délicatement. Elle compta les pages, passa ses doigts sur la première, elle semblait apprécier le grain du papier.

— Vous l'avez fait lire à quelqu'un d'autre ?

— Non.

— Tant mieux, merci.

Elle posa les sept feuilles sur la chemise fermée.

— J'y vais ? demanda-t-elle.

— Quand vous voulez.

Autour d'eux il y avait des enfants qui couraient, des chiens qui ne pensaient qu'à regagner leur panier et des couples de vieux qui donnaient l'impression d'avoir échappé à quelque chose de terrifiant. Leur vie, probablement.

Rebecca lut doucement, avec une sage concentration qui plut à Jasper Gwyn. Une seule expression sur le visage, durant toute sa lecture : juste l'ébauche d'un sourire, immobile. Lorsqu'elle arrivait au bas d'une page elle la glissait sous les autres, mais en hésitant un instant, tandis qu'elle lisait déjà les premières lignes de la page suivante. Au bout de la septième page elle demeura songeuse, son portrait dans les mains, le regard flottant sur le parc. Sans rien dire elle replongea le nez dans ses feuilles et se mit à les parcourir, s'arrêtant çà et là, pour relire. De temps en temps elle pinçait les lèvres, comme si quelque chose l'avait piquée, ou effleurée. Finalement elle remit les pages en ordre, et les replaça dans la chemise. Elle ferma cette dernière avec les élastiques et la garda sur ses genoux.

— Comment faites-vous? demanda-t-elle. Elle avait les yeux brillants.

Jasper Gwyn reprit la chemise, mais avec douceur, comme s'il avait été convenu que cela se passerait de cette manière.

Puis ils parlèrent longuement, et Jasper Gwyn prit plaisir à aborder plus de choses qu'il ne l'avait prévu. Rebecca l'interrogeait, avec respect, comme si elle déballait un objet fragile — ou ouvrait des lettres inattendues. Ils parlaient dans leur temps à eux, plus rien n'existait autour. Par moments, entre deux questions, des silences vides passaient, durant lesquels chacun mesurait combien il était disposé à apprendre, ou à expliquer, sans perdre le goût d'un certain mystère, qu'ils savaient indispensable. À une question plus indiscrète que les autres, Jasper Gwyn sourit et répondit par un geste — passant la paume de sa main sur les yeux de Rebecca, comme quand on dit bonne nuit à un enfant.

— Je garderai tout ça pour moi, dit Rebecca à la fin.

Elle ne pouvait pas savoir qu'il en irait autrement.

44

Ils restèrent encore un certain temps là, sur le banc, alors que le parc s'éteignait. Depuis quelques jours, Jasper Gwyn avait une idée qui lui trottait dans la tête, et à présent il se demandait si Rebecca serait prête à l'entendre.

— Bien sûr, dit-elle.

Jasper Gwyn eut une brève hésitation, puis exposa son idée.

— Je vais avoir besoin d'aide, pour m'organiser dans mon nouveau travail. Et j'ai pensé que personne ne saurait m'assister mieux que vous.

— Moi ?

Jasper Gwyn lui expliqua qu'il y avait un tas de choses pratiques à gérer, et qu'il ne se voyait vraiment pas aller chercher les clients, les sélectionner, etc. Sans parler de la compensation financière, de la façon de la fixer et de la verser. Il dit qu'il avait absolument besoin de quelqu'un qui fasse tout cela pour lui.

— Je sais que la logique voudrait que je m'adresse à Tom, mais il m'est difficile de parler de cette histoire avec lui, je crois qu'il ne veut pas comprendre. Il me faut quelqu'un qui y croie, qui soit convaincu que tout est bien réel, et sensé.

Rebecca l'écoutait, surprise.

— Vous voudriez que moi, je travaille pour vous ?

— Oui.

— Pour votre affaire de portraits ?

— Oui. Vous êtes la seule personne au monde qui sache vraiment de quoi il s'agit.

Rebecca secoua la tête. Décidément cet homme aimait lui compliquer la vie. Ou la lui simplifier, qui sait.

— Un instant, dit-elle. Un instant. Pas si vite.

Elle se leva, confia le roman de Klarisa Rode à Jasper Gwyn et se dirigea vers un kiosque où on vendait des glaces, un peu plus loin dans l'allée. Elle prit un cornet avec deux boules, et eut quelques difficultés parce qu'elle ne trouvait plus son portefeuille. Elle retourna vers le banc et se rassit à côté de Jasper Gwyn. Elle lui tendit sa glace.

— Vous voulez goûter?

Jasper Gwyn fit signe que non, il ne voulait pas, et des profondeurs de son esprit lui revinrent les bonbons de la dame au foulard imperméable.

— Avant de vous donner ma réponse je dois vous avouer quelque chose, dit Rebecca. Je suis venue jusqu'ici pour vous en parler, alors maintenant je vais le faire. Si vous voulez continuer à écrire des portraits, cela vous sera utile.

Elle lécha un peu sa glace.

— Dans cet atelier, tout est d'une facilité déconcertante, du moins ça l'a été pour moi. Honnêtement, on entre là-dedans et il n'est rien qui au bout de quelques secondes ne devienne, en un sens, naturel. Tout est très facile. Sauf la fin. Voilà ce que j'avais à vous dire. Si vous voulez mon avis, la fin est horrible. Je me suis même demandé pourquoi, et maintenant je crois le savoir.

Elle veillait à ne pas faire couler sa glace, de temps en temps elle lui jetait un regard.

— Cela va sans doute vous paraître idiot mais

à la fin, j'aurais attendu que vous me preniez dans vos bras.

Elle le dit comme ça, tout simplement.

— J'aurais sans doute eu plaisir à faire l'amour avec vous, là, dans le noir, en tout cas une chose est sûre, j'aurais au moins espéré pouvoir finir dans vos bras, d'une certaine manière, vous toucher, voilà, *vous toucher*.

Jasper Gwyn fit mine de répondre, mais elle le stoppa d'un geste de la main.

— Attention, n'allez pas vous faire des idées, je ne suis pas amoureuse de vous, enfin je ne crois pas, c'est autre chose, qui concerne uniquement ce moment particulier, cette obscurité et ce moment précis. Je ne sais pas si je m'explique bien, mais toutes ces heures où finalement on est son corps et pas beaucoup plus... toutes ces heures nous placent dans une sorte d'attente physique, ultime. On attend une récompense, l'abolition d'une distance, j'ai envie de dire. Vous, vous l'abolissez à travers l'écriture, mais moi ? nous ? tous ceux qui vous commanderont un portrait ? Vous les renverrez chez eux comme vous l'avez fait avec moi, avec la même froideur qu'au premier jour ? Eh bien, ce n'est pas une bonne idée.

Elle donna un coup d'œil à son cornet.

— Je me trompe peut-être, mais ce que moi j'ai ressenti, les autres le ressentiront aussi.

Elle rééquilibra un peu la glace.

— Un jour vous écrirez le portrait d'un homme âgé, et cela ne fera aucune différence,

140

au bout du compte cet homme cherchera un moyen de vous toucher, contre toute logique et toute forme de désir, il éprouvera le besoin de vous toucher. Il s'approchera et vous passera une main dans les cheveux, ou vous prendra le bras fermement, cela n'ira sans doute pas au-delà, mais il aura besoin de le faire.

Elle leva les yeux sur Jasper Gwyn.

— Eh bien, il faudra le laisser faire. Dans un certain sens vous le lui devrez.

Elle était arrivée au stade où on peut commencer à croquer le cornet.

— C'est le meilleur, fit-elle remarquer.

Jasper Gwyn la laissa terminer puis lui redemanda si elle accepterait d'être son assistante. Mais avec le même ton que s'il lui avait dit qu'elle le fascinait.

Rebecca pensa que cet homme l'aimait, sauf qu'il ne le savait pas, et qu'il ne le saurait jamais.

— Évidemment que j'accepte, dit-elle. Si vous me promettez de ne pas avoir les mains baladeuses. Je plaisante. Vous me rendez mon Klarisa Rode ou vous voulez le garder pour le lire ?

Jasper Gwyn semblait sur le point de dire quelque chose, mais il se limita finalement à lui rendre son livre.

Trois semaines plus tard, dans une série de revues choisies soigneusement par Rebecca, parut une annonce que Jasper Gwyn, après moult tentatives et discussions, avait décidé de ramener à trois limpides paroles.

Écrivain exécute portraits.

Il laissait pour unique référence une boîte postale.

Cela ne peut pas fonctionner, aurait dit la dame au foulard imperméable.

Cependant le monde est étrange, et l'annonce fonctionna.

45

Son premier portrait officiel, Jasper Gwyn le fit pour un homme de soixante-trois ans qui toute sa vie avait vendu de vieilles pièces d'horlogerie. Il s'était marié trois fois, et la dernière il avait cru bon de se remettre avec sa première femme. Il lui avait juste demandé de ne plus jamais en parler. Depuis, il avait cessé de vendre des pendules et des montres de gousset en argent ; il se baladait avec une Casio multifonction achetée à un Pakistanais, dans la rue. Il vivait à Brighton, avait trois enfants. Il marchait sans arrêt, dans l'atelier, et pas une seule fois en trente-quatre jours d'immersion dans le fleuve sonore de David Barber, il n'utilisa le lit. Lorsqu'il était fatigué, il s'installait dans un fauteuil. Souvent il parlait, mais à voix basse, en lui-même. Une des rares phrases que Jasper Gwyn finit par comprendre, sans le vouloir du reste, disait la chose suivante : « Si tu n'y crois pas tu n'as qu'à aller le lui demander. » Le douzième jour, il demanda s'il pouvait fumer, mais il comprit que ce n'était pas une bonne idée. Jasper Gwyn le vit changer, au fil des séances, dans sa manière de tenir ses épaules, et de laisser aller ses mains, comme si on venait de les lui rendre. Quand vint le moment de communiquer, il le fit avec plaisir et précision, assis par terre à côté de Jasper Gwyn, les mains posées avec une pudeur bien dissimulée sur son sexe. Les questions ne l'étonnèrent point, et aux plus difficiles il répondit après une longue réflexion, et en même temps comme s'il s'était préparé pendant des années pour employer les mots justes : *Quand j'étais petit et que ma mère sortait, élégante, resplendissante, le soir*, dit-il. *Quand je remontais les horloges, le matin, dans mon magasin, et toutes les fois où je suis allé dormir, chacun de ces instants bénis.*

La dernière ampoule s'éteignit alors qu'il était couché par terre et, dans l'obscurité, avec une certaine lassitude, Jasper Gwyn l'entendit pleurer très dignement, mais sans pudeur. Il s'approcha de lui et lui dit Merci Mr Trawley. Puis il l'aida à se lever. Mr Trawley s'appuya à son bras et, de sa main libre, chercha le visage de Jasper Gwyn. Il pensait peut-être à une caresse, celle-ci devint une étreinte, et pour la première fois Jasper Gwyn sentit la peau d'un homme contre la sienne.

Mr Trawley obtint son portrait en échange de quinze mille livres et d'une déclaration dans laquelle il s'engageait à la discrétion la plus absolue, sous peine de sanctions financières très lourdes. Chez lui, profitant d'une sortie de sa femme, il éteignit toutes les lumières sauf une, ouvrit la chemise à élastiques et lut tranquillement les six pages que Jasper Gwyn avait préparées à son intention. Le lendemain il envoya une lettre de remerciement dans laquelle il se disait pleinement satisfait. En conclusion, on pouvait lire : «J'ai du mal à croire que si tout cela était arrivé il y a plusieurs années, je serais aujourd'hui un homme différent et, sous bien des aspects, meilleur. Sincèrement vôtre, Mr Andrew Trawley.»

46

Son deuxième portrait, Jasper Gwyn le fit pour une femme de quarante ans, célibataire, qui après des études d'architecture s'amusait à faire de l'import-export avec l'Inde. Des tissus, de l'artisanat, et à l'occasion les œuvres de quelque artiste. Elle vivait avec une amie italienne, dans un loft en périphérie de Londres. Jasper Gwyn eut un peu de mal à lui faire comprendre qu'il valait mieux éteindre son téléphone portable et éviter d'arriver en retard tous les jours. Elle retint la leçon, apparemment sans réticence. De toute évidence, elle aimait beaucoup être nue et encore plus qu'on la regarde. Elle avait un corps maigre, qui semblait rongé par une attente inassouvie, et une peau brune, parcourue de reflets fauves. Elle était bardée de bracelets, de colliers, de bagues, qu'elle n'enlevait jamais et changeait tous les jours. Jasper Gwyn lui demanda, au bout d'une dizaine de séances, si elle ne pouvait pas venir sans cet attirail de pacotille (il ne le dit pas en ces termes), à quoi elle répondit qu'elle allait essayer. Le lendemain elle était complètement nue, à l'exception d'un bracelet de cheville en argent. Quand vint le jour de parler, elle ne put s'empêcher d'arpenter la pièce de long en large, et de gesticuler comme si ses paroles étaient toujours inexactes et dépendantes d'un appareil de notes corporelles. Jasper Gwyn se permit de lui demander si elle était jamais tombée amoureuse d'une femme, à quoi elle répondit Jamais, avant d'ajouter Vous voulez la vérité? Alors Jasper Gwyn dit que rarement il y avait une vérité.

La dernière ampoule s'éteignit alors qu'elle la fixait, hypnotisée. Dans l'obscurité Jasper Gwyn l'entendit rire, nerveusement. Merci, Miss Croner, vous avez été impeccable. Elle se rhabilla, elle avait juste une petite robe légère, ce jour-là, et un sac à main. Elle en sortit une brosse et lissa ses cheveux qu'elle savait beaux et portait longs. Puis, dans la lumière méridienne qui filtrait difficilement à travers les volets, elle s'approcha de Jasper Gwyn et lui avoua que cela avait été une expérience incompréhensible. Elle était si près de lui qu'il aurait pu faire ce qu'il désirait faire depuis des jours, juste par curiosité — toucher ces reflets sur sa peau. Il était en train de se convaincre que ce n'était pas souhaitable quand elle l'embrassa sur la bouche, furtivement, et s'en alla.

Miss Croner obtint son portrait en échange

de quinze mille livres et d'une déclaration dans laquelle elle s'engageait à la discrétion la plus absolue, sous peine de sanctions financières très lourdes. Quand elle le reçut, elle le garda sur son bureau quelques jours. Pour le lire elle attendit un de ces matins où, au réveil, elle se sentait comme une reine. Cela arrivait, de temps en temps. Le lendemain elle téléphona à Rebecca et réessaya, plusieurs fois, les jours suivants, jusqu'à ce qu'elle comprenne que ce n'était vraiment pas possible de revoir Jasper Gwyn et de discuter un peu avec lui. Non, même un apéritif comme deux vieux amis, ce n'était pas la peine d'y compter. Alors elle prit une feuille de papier à lettre (du papier de riz, couleur ambre) et écrivit quelques lignes d'un seul jet. La dernière disait : « J'envie votre talent, maître, votre rigueur, ces belles mains et votre secrétaire, absolument délicieuse. Tout à vous, Elizabeth Croner. »

47

Son troisième portrait, Jasper Gwyn le fit pour une femme sur le point de fêter ses cinquante ans qui avait demandé à son mari un cadeau susceptible de la surprendre. Ce n'était pas elle qui avait vu l'annonce et qui s'était arrangée avec Rebecca ; ce qu'elle allait faire, elle ne l'avait pas choisi. Quand elle arriva, le premier jour, elle se montra sceptique, et refusa de se déshabiller complètement. Elle garda sa combinaison de soie, mauve. Jeune, elle avait été hôtesse de l'air, parce qu'elle voulait être autonome et mettre le plus de kilomètres possible entre elle et une famille qu'elle préférait oublier. Son mari, elle l'avait rencontré sur la ligne Londres-Dublin. Il était assis sur le siège 19D, et avait alors onze ans de plus qu'elle. Maintenant, comme cela arrive souvent, ils avaient le même âge. Le troisième jour, elle retira sa combinaison, et rapidement Jasper Gwyn devint, sans le savoir, le sixième homme à l'avoir vue complètement nue. Un après-midi, Jasper Gwyn l'accueillit sans avoir fermé les volets, et elle eut comme un instant d'hésitation. Mais finalement elle sembla s'habituer et, avec le temps, en vint même à apprécier le fait de s'attarder devant les fenêtres, sans se couvrir, effleurant les vitres avec ses seins, blancs et beaux. Une fois un jeune homme traversa la cour, pour aller chercher une bicyclette : elle lui sourit. Quelques jours plus tard Jasper Gwyn ferma à nouveau les volets et dès lors, d'une certaine manière, elle s'abandonna au portrait — un visage différent, un autre corps. Quand ce fut l'heure de parler, elle prit une voix de petite fille et demanda à Jasper Gwyn de s'asseoir à côté d'elle. Chaque question semblait la prendre au dépourvu, cependant ses réponses étaient étonnamment subtiles. Ils parlèrent d'orages, de vengeance et d'attentes. Elle dit, au bout d'un moment, qu'elle rêvait d'un monde sans chiffres, d'une vie sans répétitions.

À l'extinction de la dernière ampoule elle

marchait, lentement, en chantonnant. Dans l'obscurité, Jasper Gwyn l'entrevit continuer lentement, caressant les murs. Il attendit qu'elle passe près de lui et dit Merci, Mrs Harper, tout était impeccable. Elle s'arrêta et, avec sa voix de petite fille, lui demanda s'il accepterait de satisfaire une de ses attentes. Essayons, lui répondit Jasper Gwyn. Je voudrais que vous m'aidiez à me rhabiller. En douceur, précisa-t-elle. Jasper Gwyn s'exécuta. C'est la première fois qu'on fait cela pour moi, dit-elle.

Mrs Harper obtint son portrait en échange de dix-huit mille livres et d'une déclaration dans laquelle elle s'engageait à la discrétion la plus absolue, sous peine de sanctions financières très lourdes. Son mari le lui remit le soir de son anniversaire, autour d'une table dressée spécialement pour eux deux, à la lumière des chandelles. Il avait lui-même fait le paquet avec du papier doré et un ruban bleu. Elle ouvrit son cadeau et, assise à table, silencieuse, lut d'une traite les quatre pages que Jasper Gwyn avait écrites à son intention. Arrivée au bout elle leva les yeux vers son mari et, l'espace d'un instant, pensa que rien ne pourrait les empêcher de mourir ensemble, après avoir vécu ensemble, toujours. Le lendemain Rebecca reçut un courriel dans lequel les Harper remerciaient pour cette merveilleuse expérience et priaient qu'on communique à Mr Gwyn qu'ils conserveraient jalousement ce portrait sans jamais le montrer à personne, car c'était devenu la chose la plus précieuse qu'il

leur avait été donné de posséder. Sincèrement,
Ann et Godfried Harper.

48

Son quatrième portrait, Jasper Gwyn le fit
pour un jeune homme de trente-deux ans qui
avait brillamment commencé des études d'éco-
nomie, pour finalement décrocher à quelques
semaines du diplôme final, et qui rencontrait à
présent un certain succès en tant que peintre.
Ses parents — tous deux fiers représentants de
la *upper middle class* londonienne — n'avaient pas
apprécié. Il y a encore quelques années c'était
un bon nageur, et maintenant il avait un physique incertain, comme reflété dans une cuillère.
Ses mouvements étaient lents et pourtant mal
assurés, donnant l'impression qu'il évoluait dans
un environnement envahi d'objets fragiles que
lui seul pouvait percevoir. De même, la lumière
dans ses tableaux — des paysages industriels
— ne semblait parler qu'à lui. Depuis un petit
moment il avait envie de s'essayer au portrait,
en particulier au portrait d'enfant, et alors qu'il
était sur le point de comprendre ce qui l'attirait
vraiment dans cette discipline il était tombé, par
hasard, sur l'annonce de Jasper Gwyn. Il y avait
vu un signe. Ce qu'il attendait en réalité était
une rencontre à travers laquelle il pourrait discuter, longuement et dans le calme d'un atelier,
sur le sens du portrait d'après nature, aussi fut-il

149

déconcerté les premiers jours par le silence que Jasper Gwyn exigeait de lui, avec fermeté, et qu'il s'imposait à lui-même. Il commençait tout juste à s'habituer, et à apprécier cette contrainte au point de la considérer comme une règle à adopter, quand se produisit une chose qui lui parut normale, mais qui en fait ne l'était pas. Il restait une heure avant la fin de la séance, et quelqu'un frappa à la porte. Jasper Gwyn faisait mine de ne pas s'en apercevoir. Mais dehors on se remit à frapper, avec une insistance gênante. Alors Jasper Gwyn se leva — il était assis par terre, adossé contre le mur, dans un coin qui semblait être sa tanière —, et avec sur le visage une expression d'incrédulité profonde, il alla ouvrir la porte.

Apparut ce jeune homme d'une vingtaine d'années, un téléphone portable à la main.

— C'est pour vous, dit-il.

Jasper Gwyn était torse nu, avec son pantalon de mécanicien. Interdit, il prit le téléphone.

— Tom, tu es devenu fou ?

Mais à l'autre bout du fil ce n'était pas la voix de Tom. On entendait juste une personne pleurer, à tout petits sanglots.

— Allô !

Ça pleurnichait toujours.

— Tom, c'est quoi cette blague de merde ? t'as pas bientôt fini ?

Alors entre deux petits sanglots il reconnut la voix de Lottie qui lui annonça que Tom avait fait un malaise et qu'il était à l'hôpital.

— À l'hôpital ?

Lottie dit qu'il allait très mal, puis elle recommença à pleurer, et pour finir elle lui demanda si par pitié il ne pouvait pas courir le voir, par pitié elle le lui demandait. Puis elle lui donna le nom de l'hôpital et l'adresse, parce que c'était une femme organisée, elle l'avait toujours été.

— Attends, dit Jasper Gwyn.

Il retourna dans l'atelier pour aller prendre son carnet.

— Tu peux répéter ?

Lottie répéta le nom et l'adresse, et Jasper Gwyn nota le tout sur une des petites feuilles couleur crème. En voyant l'encre bleue imprégner le papier et dessiner l'horreur d'un nom d'hôpital suivi d'une adresse aride, il se rappela combien les moments de bonheur sont plus fragiles qu'on ne le dit et combien la vie est prompte à nous les reprendre.

Il fit savoir au jeune homme qu'ils allaient devoir s'interrompre. Il le vit soudain infiniment nu — et cela lui parut d'une futilité grotesque.

49

Parce que la nature humaine est incroyablement mesquine, dans le taxi Jasper Gwyn pensa surtout aux gens qu'il risquait de croiser à l'hôpital — collègues, éditeurs, journalistes, il fallait s'attendre à pas mal de rencontres très éprouvantes. Il imagina que tout le monde allait lui demander ce qu'il devenait. Quelle horreur.

Mais quand il arriva dans le service, seule Lottie vint vers lui dans le couloir désert.

— Il ne veut aucune visite, il ne veut pas qu'on le voie comme ça, dit-elle. Il n'a réclamé que toi, mille fois, heureusement que tu es venu, il ne réclamait que toi.

Jasper Gwyn ne répondit pas car il était encore en train de la regarder, décontenancé. Elle portait des talons aiguilles et un tailleur court à couper le souffle.

— Je sais, le devança-t-elle. C'est Tom qui me l'a demandé. Il dit que ça le met de bonne humeur.

Jasper Gwyn acquiesça. Le décolleté aussi était de ceux qui mettent de bonne humeur.

— Il m'engueule si je pleure, ajouta Lottie. Tu veux bien rester un peu avec lui ? Je meurs d'envie d'aller me réfugier quelque part pour pleurer tout mon soûl.

Dans sa chambre, Tom Bruce Shepperd gisait entouré de tuyaux et de machines, comme recroquevillé sous des draps et des couvertures sans couleur — couleur hôpital. Jasper Gwyn approcha une chaise du lit et s'assit. Tom ouvrit les yeux. Quelle saloperie, dit-il, mais doucement. Il avait les lèvres sèches et le regard éteint. Puis il se tourna un peu, reconnut Jasper Gwyn, et alors ce fut différent.

À voix basse, et lentement, ils se mirent à parler. Tom voulait raconter ce qui lui était arrivé. Son cœur, quelque part. Un truc compliqué. On va tenter de m'opérer dans deux jours, dit-il. Mais tenter n'est pas un verbe très rassurant.

— Tu vas t'en sortir, dit Jasper Gwyn. Comme la dernière fois, tu vas t'en sortir à merveille.

— Peut-être.

— Comment ça, *peut-être*?

— Je crois qu'il vaut mieux changer de sujet.

— D'accord.

— Essaie de voir si tu peux me dire quelque chose qui ne me déprime pas.

— Le tailleur de Lottie est à tomber.

— Espèce de porc.

— Moi? C'est toi le porc, c'est toi qui lui demandes de s'habiller de la sorte.

Tom sourit — pour la première fois. Puis il referma les yeux. On voyait que parler le fatiguait. Jasper Gwyn lui passa une main dans les cheveux et ils restèrent un peu là, ensemble, c'est tout.

Ensuite, sans ouvrir les yeux, Tom dit à Jasper Gwyn qu'il l'avait fait venir pour une raison précise, même s'il aurait préféré ne jamais se montrer à lui dans cet état répugnant. Il reprit son souffle, et dit que cela concernait cette histoire de portraits.

— Je n'ai pas envie de m'en aller sans savoir dans quelle connerie tu t'es lancé.

Jasper Gwyn déplaça sa chaise pour se rapprocher de la tête de Tom.

— Tu t'en vas nulle part.

— Je dis ça comme ça…

— Redis-le une seule fois et je vends tout mon fonds à Andrew Wylie.

— Il ne te prendrait jamais.

— Ça, c'est toi qui le dis.

153

— D'accord, mais maintenant écoute-moi bien.

De temps en temps il s'arrêtait pour reprendre son souffle. Ou le fil d'un discours qui lui avait échappé, enfoiré.

— J'ai réfléchi, pour cette histoire de portraits... voilà, je n'ai pas envie de bavarder davantage. J'ai eu une meilleure idée.

Il prit la main de Jasper Gwyn.

— Vas-y.

— Quoi?

— Fais mon portrait. Et je comprendrai.

— Un portrait *de toi*?

— Oui.

— Maintenant?

— Ici. Tu as deux jours. Et n'essaie pas de m'embobiner en me disant que tu as besoin d'un mois, et de ton atelier, et de ta musique...

Il serra fermement la main de Jasper Gwyn. Avec une force étonnante, nul n'aurait pu dire d'où elle venait.

— Vas-y, un point c'est tout. Si tu sais faire, tu peux le faire ici aussi.

Jasper Gwyn pensa à un tas d'objections, toutes sensées. Il comprit avec une absolue lucidité que la situation était grotesque, et regretta de ne pas avoir mieux expliqué les choses au moment opportun, à savoir dès le début, et certainement pas maintenant, dans cette chambre d'hôpital.

— Ce n'est pas possible, Tom.

— Pourquoi?

— Il ne s'agit pas d'un tour de passe-passe. C'est comme traverser un désert ou escalader une montagne. Tu ne peux pas le faire dans une chambre juste parce qu'un gamin que tu aimes te le demande. Procédons par ordre : tu vas te faire opérer, tout se passera à merveille et dès que tu rentres chez toi je t'explique tout, promis.

Tom relâcha son étreinte sur sa main et demeura un moment silencieux. Il respirait difficilement, à présent.

— C'est qu'il y a autre chose, dit-il finalement.

Jasper Gwyn dut se pencher un peu pour bien entendre.

— J'ai besoin de comprendre quelle est ta foutue combine, mais il y a autre chose.

Il se remit à serrer fort la main de Jasper Gwyn.

— Une fois tu m'as dit que faire le portrait de quelqu'un était un moyen de le ramener chez lui. C'est ça ?

— Oui, en quelque sorte.

— Un moyen de le ramener chez lui.

— Oui.

Tom s'éclaircit la voix. Il voulait qu'on comprenne bien ce qu'il allait dire.

— Ramène-moi à la maison, Jasper.

Il s'éclaircit à nouveau la voix.

— Je n'ai plus beaucoup de temps et j'ai besoin de rentrer chez moi.

Jasper Gwyn leva le regard parce qu'il ne voulait pas voir les yeux de Tom. Il y avait toutes ces machines, et la couleur des murs, et l'insigne de l'hôpital partout. Il se dit que tout cela était absurde.

— Ce sera raté, dit-il.

Tom Bruce Shepperd lâcha sa main et ferma les yeux.

— De toute façon n'imagine pas que je vais te le payer.

50

Ainsi, deux jours et deux nuits durant, Jasper Gwyn resta à l'hôpital, presque sans dormir, pour faire le portrait du seul ami qu'il lui restait dans la vie. Il s'était installé dans un coin, sur une chaise, et regardait passer médecins et infirmières sans les voir. Il carburait au café-sandwich, allait de temps en temps se dégourdir les jambes dans le couloir. Lottie passait et n'osait rien dire.

Dans son lit, Tom semblait rapetisser d'heure en heure, et le silence dans lequel il survivait évoquait une mystérieuse disparition. Parfois il se tournait vers l'angle de la pièce où il s'attendait à voir Jasper Gwyn et apparaissait toujours soulagé de ne pas le trouver vide. Quand on l'emmenait faire quelque examen, Jasper Gwyn fixait le lit défait et, dans le méli-mélo des draps, il avait l'impression d'entrevoir une forme de nudité extrême au point de pouvoir se passer de corps.

Il travaillait en imbriquant des souvenirs et ce qu'il voyait maintenant chez Tom ; des choses qu'il n'avait jamais vues. Pas une seconde ce geste ne cessa d'être difficile et douloureux. Rien n'était comme dans l'atelier, bercé par la musique de David Barber, et toutes les règles qu'il s'était données devenaient soudain inapplicables. Il n'avait pas son carnet, l'éclairage des Catherine de Médicis manquait, et il n'arrivait pas à réfléchir avec autour de lui tous ces objets étrangers. Le délai était trop court, les moments de solitude trop rares, les probabilités d'échouer importantes.

Néanmoins, le soir précédant l'intervention, vers 23 heures, Jasper Gwyn demanda s'il y avait un ordinateur dans le service, pour écrire quelque chose. On le conduisit dans un bureau de l'administration, et on lui donna le mot de passe pour utiliser le PC d'une employée. C'était une procédure non réglementaire et on tint à le lui préciser. À côté de l'ordinateur il y avait deux photos encadrées et une affligeante collection de petites souris à ressort. Jasper Gwyn ajusta sa chaise, qui était terriblement haute. Il s'aperçut avec horreur que le clavier était sale, et à un point intolérable au niveau des touches les plus utilisées. Pour lui, cela aurait dû être le contraire. Il se leva, alla éteindre le néon central et se rassit face aux souris. Il alluma la lampe de bureau et commença à saisir son texte.

Cinq heures plus tard il se leva en se demandant où diable se trouvait l'imprimante qui, il l'entendait très bien, était en train de cracher son portrait. C'est curieux, les endroits où on peut mettre une imprimante, dans un bureau, quand il n'y en a qu'une pour tout le monde. Il dut rallumer le néon central pour la repérer, et enfin il se retrouva avec neuf pages dans les mains, imprimées dans une police qui ne lui plaisait pas particulièrement, avec des marges d'une banalité offensante. Tout était raté, mais tout était comme cela devait être — une rigueur hâtive, privée du luxe des détails. Il ne fit pas de relecture, ajouta seulement les numéros de page. Il avait imprimé deux exemplaires : il en plia un en quatre, le mit dans sa poche puis, l'autre à la main, regagna la chambre de Tom.

Il devait être 4 heures du matin, il ne prit pas la peine de vérifier. Dans la pièce il n'y avait qu'une lumière allumée, assez chaude, derrière le lit. Tom dormait, la tête tournée d'un côté. Par moments les machines reliées à lui envoyaient des messages, et elles le faisaient avec des petits sons, insupportables. Jasper Gwyn approcha une chaise du lit. Cela n'avait aucun sens, mais il posa une main sur l'épaule de Tom et commença à le secouer légèrement. Une infirmière de passage n'aurait pas apprécié, il en était conscient. Il colla sa bouche à l'oreille de Tom et prononça plusieurs fois son nom. Tom ouvrit les yeux.

— Je ne dormais pas, dit-il. J'attendais simplement. Quelle heure est-il ?

— Je ne sais pas. Il est tard.

— Tu as réussi ?

Jasper Gwyn tenait les neuf pages dans ses mains. Il les posa sur le lit.

— Il est un peu long. Quand on est pressé tout devient plus long, tu sais.

Ils chuchotaient et avaient l'air de deux gamins sur le point de voler quelque chose.

Tom prit les feuilles et y jeta un œil. Il lut sans doute les premières lignes. Il avait soulevé la tête de son oreiller, dans un effort apparemment énorme. Mais il avait dans les yeux une lueur vive que personne, dans cet hôpital, ne lui avait jamais vue. Il laissa retomber sa tête sur l'oreiller et tendit les feuilles à Jasper Gwyn.

— O.K. Lis.

— Moi?

— Tu veux que j'appelle une infirmière?

Jasper Gwyn avait imaginé un autre scénario. Tom aurait pu lire tranquillement son portrait pendant que lui rentrait enfin prendre une douche. Il avait toujours ce temps de retard pour admettre la dure réalité des choses.

Il reprit les neuf pages. Il détestait lire à voix haute ce qu'il avait écrit — le lire *aux autres*. Ça lui avait toujours paru sans-gêne. Mais là il essaya de le faire quand même, et de le faire bien — avec la lenteur nécessaire, et avec application. De nombreuses phrases lui semblaient plutôt confuses, mais il s'efforça de tout lire exactement comme il l'avait écrit. De temps en temps Tom ricanait. Une fois il lui fit un signe, pour l'arrêter. Puis il lui fit comprendre qu'il pouvait poursuivre. La dernière page, Jasper Gwyn la lut encore plus lentement, et à vrai dire il la trouva impeccable.

À la fin il remit les feuilles en ordre, les plia en deux et les posa sur le lit.

Les machines continuaient à émettre des messages sibyllins, avec une constance presque militaire.

— Viens ici, dit Tom.

Jasper Gwyn se pencha sur lui. Ils étaient à présent très proches. Tom sortit un bras de ses couvertures et posa la main sur la tête de son ami. Sur sa nuque. Puis il l'attira à lui — la tête de son ami reposait sur son épaule et il la maintenait là. Il bougeait à peine les doigts, comme pour s'assurer de quelque chose.

— Je le savais, dit-il.

Il pressa un peu ses doigts sur la nuque de son ami.

Jasper Gwyn partit alors que Tom s'était endormi. Il avait une main posée sur les pages de son portrait, et Jasper Gwyn crut voir la main d'un enfant.

51

Rebecca était au bureau quand tomba la nouvelle que Tom n'avait pas survécu. Elle se leva et sans même prendre ses affaires descendit dans la rue. Elle marchait vite, ce qui était contraire à son habitude, sûre de son chemin et ignorant tout autour d'elle. Elle arriva chez Jasper Gwyn et se pendit à la sonnette. Son désir de voir la porte s'ouvrir était tel qu'à la fin elle s'ouvrit.

Rebecca ne dit rien et se jeta dans les bras de Jasper Gwyn ; le seul endroit au monde où, elle l'avait décidé, elle pourrait pleurer pendant des heures sans s'arrêter.

Comme souvent, il leur fallut un peu de temps pour se rappeler que, quand quelqu'un meurt, les autres doivent vivre pour lui aussi — c'est la seule chose qui convienne.

52

Ainsi, son quatrième portrait, Jasper Gwyn le fit pour le seul ami qu'il avait, quelques heures avant qu'il meure.

Il lui fut difficile après de continuer, pour plein de raisons évidentes, mais également parce qu'il avait tout à coup pris conscience que faire ces portraits constituait une forme de défi à l'encontre d'une personne qui aujourd'hui n'était plus là, et à travers laquelle, probablement, il avait le sentiment de défier tout ce monde des livres qu'il entendait fuir. Maintenant il ne devait plus convaincre quiconque à part lui, et la discrétion dont il avait depuis le départ entouré son métier de copiste était devenue une sorte de bataille personnelle presque sans témoins. Il mit un moment à s'habituer à cet état de fait et à retrouver l'évidence d'un désir nécessaire. Il dut revenir à la simplicité de ce qu'il cherchait et à la pureté qu'il lui était arrivé de convoiter, au cœur de son propre talent. Il le fit avec calme, laissant remonter en lui la joie qu'il connaissait — l'envie. Puis, progressivement, il se remit au travail.

Son cinquième portrait, du coup, il le fit pour le jeune peintre et cela lui déplut profondément parce qu'il dut repartir de zéro — élément qui promettait objectivement un échec. Il consacra le sixième à un acteur de quarante-deux ans au corps étrange, un corps d'oiseau, et au visage mémorable, comme taillé dans le bois. Le septième à deux jeunes gens, très riches, qui venaient de se marier et avaient insisté pour poser ensemble. Il fit le huitième pour un médecin qui passait six mois par an sur des cargos, autour du monde. Le neuvième pour une femme qui voulait tout oublier, sauf elle-même et quatre poèmes de Verlaine — en français. Le dixième pour un tailleur qui avait habillé la reine, sans en être particulièrement fier. Le onzième à une jeune fille — et ce fut la grande erreur.

Rebecca, qui sélectionnait les candidats en essayant de mettre Jasper Gwyn à l'abri des sujets inadaptés ne l'avait, dans les faits, jamais rencontrée. Il y avait une raison à cela : elle avait été contactée par le père de la jeune fille, qui n'était pas n'importe qui puisqu'il s'agissait de Mr Trawley, l'antiquaire à la retraite, le premier homme au monde à avoir accepté de payer pour que Jasper Gwyn fasse son portrait. La jeune fille était sa cadette, elle s'appelait Audrey. Avec la délicatesse et la courtoisie que Rebecca lui avait connues, Mr Trawley avait expliqué que sa fille était difficile et qu'une expérience singulière comme celle qu'il avait vécue dans l'atelier de Jasper Gwyn l'aiderait certainement à poser les armes — ce furent ses mots — pour retrouver un peu de sérénité. Il ajouta que tout ce que Jasper Gwyn pourrait écrire dans son portrait serait pour sa fille une empreinte plus nette que n'importe quel reflet dans un miroir et plus convaincante que mille enseignements.

Rebecca en parla avec Jasper Gwyn et ensemble ils décidèrent que cela pouvait se faire. La jeune fille avait dix-neuf ans. Elle entra dans l'atelier un lundi de mai. Seize mois s'étaient écoulés depuis le passage de son père.

53

Sa nudité était un défi — son corps si jeune, une arme. Elle parlait beaucoup, et bien que Jasper Gwyn ne se montrât guère disposé à lui répondre, allant jusqu'à lui expliquer à plusieurs reprises qu'un certain silence était indispensable à la réussite du portrait, chaque jour elle se remettait à parler. Elle ne racontait rien, n'essayait pas de démontrer quoi que ce soit : elle déversait une haine inextinguible et une méchanceté aveugle. Elle était splendide, ce faisant, en rien gamine, et incroyablement animale. Elle insulta pendant des jours, avec une férocité élégante, ses parents. Puis elle s'attarda brièvement sur le lycée et ses amis, mais on sentait clairement dans tout ça une impatience, une imprécision, car elle avait bien autre chose en tête. Jasper Gwyn avait en définitive renoncé à la faire taire, et s'était habitué à considérer sa voix comme une partie de son corps, juste plus intime que les autres et en un sens plus dangereuse — une griffe. Il n'était pas attentif à ce qu'elle disait, mais cette cantilène aiguisée lui apparut à la longue vive et séduisante au point de rendre la brume sonore de David Barber vaguement inutile, voire carrément ennuyeuse. Le douzième jour, la jeune fille arriva là où elle voulait arriver, à lui donc. Elle se mit à l'agresser, verbalement, dans une alternance d'explosions et de silences durant lesquels elle se limitait à le fixer, avec une intensité insupportable. Jasper Gwyn devint incapable de travailler, et dans ses passages à vide il parvint à comprendre qu'il y avait, dans cette agression, quelque chose de terriblement pervers et séduisant. Il n'était pas sûr d'être capable de s'en protéger. Il résista deux jours, et le troisième il ne vint pas à l'atelier. De même que les quatre jours suivants. Il revint le sixième jour, presque certain qu'elle ne serait pas là, et étrangement troublé à l'idée de ne pas se tromper. Elle était là, cependant. Elle resta silencieuse toute la séance. Jasper Gwyn la trouva, pour la première fois, d'une beauté dangereuse. Il se remit au travail, mais l'esprit en proie à une douloureuse confusion.

Le soir, chez lui, il reçut un appel de Rebecca. Quelque chose de fâcheux s'était produit. Dans un tabloïd de l'après-midi, sans mise en évidence particulière mais avec cette lourdeur habituelle, on racontait la curieuse histoire d'un écrivain qui réalisait des portraits, dans un atelier derrière Marylebone High Street. On ne dévoilait pas son nom, en revanche le coût des portraits était mentionné (légèrement gonflé) et on donnait de nombreux détails sur l'atelier. Il y avait un paragraphe, un peu pernicieux, sur la nudité des modèles et un autre dans lequel on évoquait des parfums d'encens, une lumière tamisée et de la musique new age. Selon le tabloïd, se faire faire un portrait de cette manière était déjà devenu, pour une grande partie de la bonne société londonienne, la mode du moment.

Jasper Gwyn avait toujours redouté un incident de ce genre. Cependant, avec le temps Rebecca et lui avaient compris que ce qui se passait dans cet atelier rendait les gens extrêmement jaloux de leur portrait, les incitant d'instinct à ne pas écorner la beauté de cette expérience à travers une attitude qui n'aurait pas pour objectif d'en conserver un souvenir intime. Ils en parlèrent un peu, mais en passant en revue les différents modèles ils ne parvinrent pas à en trouver un qui aurait pu, réellement, prendre la peine de contacter un tabloïd pour y faire étaler tout ce bazar. Pour finir, inévitablement, ils pensèrent à la jeune fille. Jasper Gwyn n'avait rien raconté sur le déroulement des séances avec elle, dans l'atelier, seulement Rebecca était désormais sensible au moindre détail et il ne lui avait pas échappé que quelque chose là-dedans ne fonctionnait pas comme d'habitude. Elle tenta de poser des questions et Jasper Gwyn se limita à souligner que cette jeune fille avait un talent tout particulier pour la méchanceté. Il ne voulut rien ajouter. Ils décidèrent que Rebecca surveillerait l'écho de la rumeur dans les médias, et que pour le moment la seule chose à faire était de se remettre au travail.

Jasper Gwyn poussa la porte de l'atelier, le lendemain, avec la légère impression d'être un dompteur pénétrant dans la cage aux fauves. Il trouva la jeune fille assise par terre, dans l'angle où lui se terrait d'habitude. Elle était en train d'écrire quelque chose sur les pages couleur crème de son carnet.

54

Il n'y eut guère d'échos de cette histoire dans d'autres journaux, et Rebecca voulut appeler Jasper Gwyn pour le rassurer, mais elle ne parvint pas à le joindre. Il se manifesta quelques jours plus tard, et fut assez taciturne ; il dit que tout allait bien. Rebecca le connaissait suffisamment pour ne pas insister. Elle cessa de lui courir après. Elle découpait les articles, peu nombreux, qui avaient répercuté la nouvelle. Tout compte fait ils s'en sortaient bien. Elle travaillait dans un bureau minuscule que Jasper Gwyn lui avait trouvé, une petite niche confortable, non loin de chez elle. Elle rencontra trois candidats (ils avaient tous les trois lu le tabloïd) sans qu'aucun retienne vraiment son attention. Au bout d'une semaine, elle commença à attendre que se produise ce qui finissait toujours par se produire quand l'impénétrable volonté des Catherine de Médicis décidait que le temps était écoulé. D'un jour à l'autre Jasper Gwyn allait lui remettre un exemplaire de son dernier portrait. Alors elle convoquerait le client, qui viendrait le retirer, solder son compte et rendre la clé de l'atelier. Une procédure bien rodée et répétitive qui lui plaisait. Sauf que cette fois Jasper Gwyn tarda à se manifester et, à sa place, un matin, se présenta à son bureau Mr Trawley. Il voulait lui dire que, d'après sa fille, les Catherine de Médicis s'étaient éteintes, de façon plutôt élégante d'ailleurs, mais qu'en vérité cela faisait maintenant neuf jours que Jasper Gwyn n'avait pas mis les pieds à l'atelier. Sa fille n'avait pas manqué de s'y rendre tous les après-midi, mais elle ne l'avait plus vu. Alors Mr Trawley se demandait s'il devait faire quelque chose de particulier, ou simplement attendre. Il n'était pas inquiet, mais avait préféré se déplacer en personne pour s'assurer que tout allait bien.

— Vous êtes vraiment sûr que Mr Gwyn n'est pas venu depuis neuf jours? demanda Rebecca.

— C'est ce que dit ma fille.

Rebecca le fixa d'un air interrogateur.

— Oui, je sais, admit-il. Cependant, dans ce cas précis, je suis enclin à la croire.

Rebecca dit qu'elle allait vérifier et qu'elle le tiendrait informé au plus vite. Elle n'était pas tranquille, mais ne le montra pas.

Avant de partir Mr Trawley essaya de demander si par hasard Rebecca avait une idée de comment ça s'était passé, là-bas, à l'atelier. En réalité, il voulait savoir si sa fille s'était comportée correctement.

— Non, je ne sais pas, répondit Rebecca. Mr Gwyn n'est pas très bavard sur ce qui se passe là-bas, ce n'est pas son style.

— Je vois.

— Ce que j'ai cru comprendre, en tout cas, c'est que votre fille n'est pas un sujet facile.

— Non, en effet, confirma Mr Trawley.

Il marqua une pause.

— Elle peut se montrer tantôt extrêmement désagréable, tantôt excessivement séduisante, ajouta-t-il.

Rebecca aurait bien aimé que l'on puisse dire ça d'elle.

— Je vous tiens au courant, mister Trawley. Je suis sûre que tout va rentrer dans l'ordre.

Mr Trawley répliqua qu'il n'en doutait pas.

Le jour suivant parut dans *The Guardian* un long reportage sur l'affaire des portraits. Il était plus précis que celui du tabloïd et allait jusqu'à citer le nom de Jasper Gwyn. Un second article lui était consacré, plus court, dans lequel on retraçait sa carrière.

Rebecca se lança sans plus attendre à la recherche de Jasper Gwyn. Elle ne le trouva pas chez lui, ni dans aucune laverie du quartier. Il semblait s'être évaporé.

55

Cinq jours passèrent sans nouvelles de Jasper Gwyn. Puis Rebecca reçut de sa part une épaisse enveloppe qui contenait le portrait de la jeune fille, toujours emballé avec le même soin méticuleux, et un billet de quelques lignes. Il disait que pendant un certain temps il lui serait impossible de se manifester. Il comptait sur Rebecca pour gérer l'intendance en son absence. Il allait falloir reporter le prochain portrait : il n'était pas sûr de pouvoir reprendre le travail avant deux-trois mois. Il remerciait et saluait affectueusement. Il ne faisait aucune allusion à l'article paru dans *The Guardian*.

Toute la journée Rebecca dut repousser poliment les mille appels téléphoniques qui fusaient, de toutes parts, pour en savoir plus sur l'histoire de Jasper Gwyn. Elle n'appréciait pas de se retrouver seule dans un moment aussi délicat, du reste elle connaissait suffisamment Jasper Gwyn pour savoir qu'elle se trouvait là face à un comportement qu'il serait vain de vouloir corriger. Elle fit ce qu'elle avait à faire, de son mieux, et en fin de journée elle appela Mr Trawley pour lui dire que le portrait de sa fille était prêt. Puis elle décrocha son téléphone, prit le fameux portrait, et le libéra de son emballage. C'était une chose qu'elle ne faisait jamais. Elle s'était donné comme règle de remettre les portraits sans même y jeter un œil. Elle attendrait le bon moment pour les lire. Mais ce soir-là tout était différent. Il y avait dans l'air quelque chose qui ressemblait à la dissolution d'un enchantement et rompre avec les gestes habituels lui sembla raisonnable, voire justifié. Elle retira donc le papier de soie et lut.

Il y avait quatre pages. Elle s'arrêta à la première, puis rassembla les feuilles et remit le tout dans son emballage.

56

La jeune fille se présenta le lendemain matin, seule. Elle s'assit devant Rebecca. Elle avait de longs cheveux blonds, fins et raides, qui tombaient de part et d'autre de son visage. Parfois seulement, d'un mouvement de tête, elle dévoilait entièrement ses traits anguleux, mais dominés par deux yeux noirs charmeurs. Elle était maigre et jouait de son corps sans montrer de signe de nervosité : une forme d'immobilité élégante semblait être la clé de son allure. Elle portait une veste ouverte sur un petit haut violet qui laissait deviner des seins petits et bien faits. Rebecca remarqua ses mains, pâles et criblées de minuscules blessures.

— Votre portrait, dit-elle, en lui tendant le paquet.

La jeune fille le posa sur le bureau.

— Tu es Rebecca ? demanda-t-elle.

— Oui.

— Jasper Gwyn parle souvent de toi.

— J'ai du mal à vous croire. Mr Gwyn n'est pas du genre à parler souvent de quelque chose.

— De toi si, pourtant.

Rebecca fit un geste vague et sourit.

— Bien, dit-elle.

Elle tendit à la jeune fille un document à signer. Pour le règlement elle s'était entendue avec son père.

La jeune fille signa sans prendre la peine de lire. Elle rendit le stylo, et demanda en indiquant le portrait :

— Tu l'as lu ?

— Non, mentit Rebecca. Je ne le fais jamais.

— Quelle idiote.

— Pardon ?

— Moi, je le ferais.

— Vous savez, je suis assez grande pour décider ce qu'il est bon de faire ou non.

— Oui, tu es grande. Tu es vieille même.

— C'est possible. Maintenant j'ai encore beaucoup à faire, si cela ne vous ennuie pas.

— Jasper Gwyn dit que tu es une femme très malheureuse.

Alors Rebecca la regarda pour la première fois droit dans les yeux. Elle s'aperçut qu'elle avait une façon odieuse d'être charmante.

— Mr Gwyn peut se tromper aussi de temps en temps, rétorqua-t-elle.

La jeune fille fit ce mouvement de tête qui dégageait fugitivement son visage.

— Tu es amoureuse de lui? lâcha-t-elle.

Rebecca la regarda sans répondre.

— Non, ce n'était pas cette question que je voulais te poser, se corrigea la jeune fille. Tu as fait l'amour avec lui?

Rebecca allait se lever pour l'inviter à prendre la porte. C'était évidemment la seule chose à faire. Elle se dit toutefois que s'il y avait un moyen de percer le mystère de cette situation, il se trouvait peut-être là, devant elle, si odieux fût-il.

— Non. Je n'ai jamais fait l'amour avec lui.

— Moi oui, dit la jeune fille. Ça t'intéresse de savoir comment il le fait?

— Je n'en suis pas sûre.

— Avec violence. Puis tout à coup avec douceur. Il aime se toucher. Il ne parle jamais, ne ferme jamais les yeux. Il est très beau quand il jouit.

Elle ne quittait pas Rebecca des yeux.

— Tu veux le lire avec moi, le portrait? demanda-t-elle.

Rebecca fit non de la tête.

— Je crois que je n'ai pas envie d'en savoir davantage sur toi, jeune fille.

— Tu ne sais rien, de moi.

— Eh bien, parfait.

La jeune fille sembla un instant distraite par une chose qu'elle avait vue sur le bureau. Puis elle leva le regard vers Rebecca.

— On l'a fait pendant deux jours, presque sans

dormir. Là-bas, dans l'atelier. Après il est parti et n'est plus revenu. Un lâche.

— Si tu as fini de cracher ton venin, je pense que nous pouvons en rester là.

— Oui. Juste une dernière chose.

— Fais vite.

— Tu me ferais une faveur ?

Rebecca la fixa consternée. La jeune fille eut encore ce mouvement qui lui dégageait fugitivement le visage.

— Quand tu le verras, dis-lui que je suis désolée pour ces articles dans les journaux, je n'imaginais pas que cela ferait autant de bruit.

— Si ton intention était de lui faire du mal, c'est réussi.

— Non, ce n'était pas mon intention. Je cherchais autre chose.

— Quoi donc ?

— Je ne sais pas… Je voulais *le toucher*, mais je crains que tu ne puisses pas comprendre.

Rebecca, agacée, pensa qu'elle pouvait très bien comprendre. Elle pensa aussi qu'il fallait condamner ceux qui, nombreux, ne sont pas capables de toucher sans faire mal, et d'instinct elle chercha des yeux ces mains et leurs petites blessures. Elle éprouva alors l'ombre d'une pitié lointaine et sut immédiatement ce qui avait fait plier Jasper Gwyn, dans cet atelier, avec cette jeune fille.

— La clé, dit-elle.

La jeune fille fouilla dans son sac et posa la clé sur le bureau. Elle la fixa quelques secondes.

— Je n'en veux pas du portrait. Jette-le.

Elle s'en alla en laissant la porte ouverte — elle marchait légèrement de travers, comme si elle devait se faufiler dans un espace étroit pour échapper à tout ce qu'elle était.

57

Rebecca mit un peu de temps à remettre de l'ordre dans ses pensées. Elle laissa tomber les tâches qu'elle avait encore à accomplir, annula tous ses rendez-vous, ne toucha pas aux journaux qu'elle avait achetés. Voir ses mains trembler l'énervait — difficile de savoir si c'était de la colère ou une forme d'effroi. Le téléphone sonna et elle ne répondit pas. Elle prit ses affaires et sortit.

Avant de regagner son appartement, elle s'assit dans un endroit tranquille, sur les marches d'une église, à côté d'un petit jardin, et s'obligea à se remémorer les paroles de la jeune fille. Elle tentait d'analyser les choses qu'une à une elles avaient fait voler en éclats. Plein de choses, dont certaines qu'elle savait fragiles mais fermes aussi, plus que le sont de simples illusions. Étrangement, avant de penser à elle-même elle pensa à Jasper Gwyn, comme ceux qui se relèvent d'une chute et vérifient d'abord que leurs lunettes ou leur montre ne sont pas cassées — ce qu'ils ont de plus fragile. Mesurer à quel point cette jeune fille l'avait blessée était ardu. Pour sûr, elle avait enfreint une règle que Jasper Gwyn avait jusqu'alors placée au cœur de sa mystérieuse profession. Mais tant de soin mis à fixer des limites et des contraintes cachait peut-être en lui le désir intime de s'aventurer au-delà de toute norme, ne serait-ce qu'une fois, à n'importe quel prix — comme pour arriver au bout d'un chemin. Difficile de dire, donc, si cette jeune fille avait été pour lui un coup mortel ou le point d'ancrage vers lequel ses portraits avaient toujours tendu. Qui sait. Bien sûr, ces neuf jours sans mettre un pied dans l'atelier donnaient plus l'image d'un homme effrayé que d'un homme arrivé — de même sa volonté de rester caché, pour finir, avec calme mais détermination. Ce sont les animaux blessés qui se comportent ainsi. Elle pensa à l'atelier, aux dix-huit Catherine de Médicis, à la musique de David Barber. Quel dommage. Quel dommage vraiment, si tout devait s'arrêter là.

Elle prit la direction de chez elle, en marchant lentement ; alors seulement elle commença à penser à elle, et à contrôler les siennes, de blessures. Ça lui faisait mal au cœur de l'admettre, mais cette jeune fille lui avait appris quelque chose qui l'humiliait, et qui touchait au courage, ou à l'impudence, qui sait. Elle essaya de se rappeler les fois où elle aussi avait été très proche de Jasper Gwyn, scandaleusement proche, et finit par se demander en quoi elle s'était trompée dans ces moments-là, ou ce qui lui avait échappé. Dans sa mémoire elle retrouva l'obscurité de l'atelier, cette dernière nuit, et se souvint du vide qui était resté entre eux, troublée de ne pas avoir su le traverser. Mais surtout, elle repensa au matin de la mort de Tom où elle avait couru chez Jasper Gwyn, et à tout ce qui avait suivi. Elle se rappelait leur effroi à tous les deux, et cette envie de rester enfermés, ensemble, plus forte que tout. Elle se rappelait ses propres gestes dans la cuisine, leurs pieds nus, le téléphone qui sonnait sans qu'ils cessent de parler, à voix basse. L'alcool, les vieux disques, les couvertures des livres, le désordre dans la salle de bains. Comme cela avait été facile de s'allonger à côté de lui, et de s'endormir. Puis le réveil difficile, et le regard affolé de Jasper Gwyn. Elle qui comprenait et s'en allait.

Combien avait été plus précis le geste net de cette gamine.

Quelle odieuse leçon.

Elle se regarda et se demanda si tout ne pouvait pas simplement s'expliquer par son corps, difforme et inadapté. Mais elle n'avait pas la réponse. Juste une amertume qu'elle ne voulait plus affronter depuis longtemps.

Chez elle, plus tard, elle se trouva belle, dans son miroir — et vivante.

Elle adopta donc durant plusieurs jours la seule attitude qui lui parut appropriée — l'attente. Elle suivit de loin, dans les journaux, la multiplication des articles qui revenaient sur l'étrange cas de Mr Gwyn, et se limita à les archiver chronologiquement. Elle répondait au téléphone, notant soigneusement toutes les demandes et assurant qu'elle pourrait bientôt se rendre plus utile. Elle n'avait pas peur, persuadée qu'elle n'avait qu'à attendre ; ce qu'elle fit pendant onze jours. Puis, un matin, on lui livra au bureau un gros paquet, accompagné d'une lettre et d'un livre.

Dans le paquet il y avait tous les portraits, chacun dans sa chemise. Dans la lettre, Jasper Gwyn précisait que c'était les copies qu'il avait faites pour lui : il la priait de les conserver en lieu sûr, et de ne les rendre publiques sous aucun prétexte. Il ajoutait une minutieuse liste de choses à faire : rendre l'atelier à John Septimus Hill, se débarrasser des meubles et de la décoration, libérer le bureau, supprimer l'adresse électronique avec laquelle ils avaient travaillé, fuir les journalistes qui tenteraient éventuellement de la contacter. Il spécifia qu'il s'était occupé personnellement de régler tous les comptes en suspens, et rassurait Rebecca sur le fait qu'elle percevrait très bientôt ses honoraires, augmentés d'une indemnité significative. Il était sûr qu'elle ne rencontrerait pas de problèmes.

Du fond du cœur il la remerciait, et une fois encore il tenait à dire qu'il n'aurait pu désirer une collaboratrice plus précise, discrète et agréable. Il était conscient que des adieux plus chaleureux auraient été souhaitables, à tous égards ; mais il devait admettre, bien à regret, qu'il ne pouvait faire mieux.

Le reste de la lettre était écrit à la main. Il disait ceci :

177

Je devrais peut-être vous expliquer que rester à distance de cette jeune fille était une équation insoluble, mais je ne saurais le faire sans me couvrir de ridicule, ou sans vous blesser, sans doute. La première chose m'importe peu, la seconde en revanche me causerait une déception infinie. Croyez simplement qu'il n'y avait pas d'autre issue.

Ne vous inquiétez pas pour moi, je ne suis pas fâché de ce qui s'est passé et je sais précisément ce que je dois faire maintenant.

Je vous souhaite tout le bonheur, vous le méritez.

À jamais reconnaissant et tout à vous,

JASPER GWYN, *copiste*

Enfin il y avait une note, après la signature, quelques lignes. Il disait qu'il lui joignait le dernier livre sorti du tiroir de Klarisa Rode, à peine publié. Il se rappelait bien que le jour où il lui avait remis son portrait, au parc, elle avait justement un roman de Klarisa Rode, à la main, et qu'elle en avait parlé avec grand enthousiasme. Ainsi, il avait pensé que lui faire ce cadeau en la circonstance pouvait être une belle manière de refermer le cercle : il espérait qu'elle aurait du plaisir à le lire.

Rien d'autre.

Mais de quoi faut-il être fait ? se dit Rebecca.

Elle prit le livre, le tourna et le retourna entre

ses mains, puis le jeta contre le mur — un geste dont elle se souviendrait quelques années plus tard.

L'idée lui vint de chercher sur le paquet où elle ne trouva qu'un vulgaire cachet de la poste de Londres. Il ne lui était évidemment pas donné de savoir où s'en était allé Jasper Gwyn. Loin — elle le sentait avec une absolue certitude. Tout était fini, et il manquait cette solennité qui devrait toujours entourer le crépuscule des choses.

Elle se leva, mit la lettre de Jasper Gwyn dans son agenda et décida que, pour la dernière fois, elle ferait ce qu'il lui demandait. Non par devoir — mais guidée par un besoin de précision mélancolique. Avant de sortir, elle prit avec elle les portraits. Ne pas les lire serait, pensa-t-elle, un des plaisirs de sa vie. Une fois rentrée, elle les mit au fond d'une armoire, sous une pile de vieux pull-overs, et ce fut le dernier geste qu'elle se laissa dicter par quelque regret — savoir que personne ne saurait jamais.

Il lui fallut une dizaine de jours pour tout régler. Si on lui posait des questions, elle donnait des réponses vagues. Quand John Septimus Hill lui demanda de transmettre à Jasper Gwyn ses plus respectueuses salutations, elle expliqua qu'elle n'aurait pas la possibilité de le faire.

— Ah non ?

— Non, désolée.

— Vous ne pensez pas le croiser dans un délai raisonnable ?

— Je ne pense plus le croiser du tout, dit Rebecca.

John Septimus Hill se permit un sourire discrètement sceptique que Rebecca jugea déplacé.

58

Les années qui suivirent, personne apparemment n'eut de nouvelles de Jasper Gwyn. Les indiscrétions sur cette curieuse lubie des portraits désertèrent bientôt les journaux, et son nom apparut de plus en plus rarement dans les chroniques littéraires. Il arrivait qu'on le cite dans de rapides panoramas de la littérature anglaise récente, et une fois ou deux on lui consacra quelques lignes en évoquant d'autres ouvrages qui semblaient lui emprunter certains artifices. Un de ses romans, *Sœurs*, atterrit dans la liste des *Cent livres à lire avant de mourir* établie par une revue professionnelle très appréciée. Son éditeur anglais et certains de ses éditeurs étrangers tentèrent de le contacter, mais par le passé tout transitait par Tom, et maintenant que son agence était fermée il semblait vain de chercher à joindre cet homme. La sensation dominante était que tôt ou tard il referait surface, probablement avec un nouveau livre. Peu de gens pensaient qu'il pouvait, vraiment, avoir arrêté d'écrire.

Quant à Rebecca, en l'espace de quatre ans elle se construisit une nouvelle vie, en décidant de repartir de zéro. Elle avait trouvé un travail qui n'avait plus rien à voir avec les livres, s'était débarrassée de son connard de petit ami et était allée s'installer en proche banlieue de Londres. Un jour elle avait rencontré un homme marié qui avait une façon merveilleuse de faire cafouiller tout ce qu'il touchait. Il s'appelait Robert. Ils finirent par s'aimer beaucoup, et l'homme finit par lui demander si par hasard il ne pouvait pas quitter sa famille et essayer d'en fonder une autre avec elle. Rebecca estima que c'était une excellente idée. À l'âge de trente-deux ans elle devint mère d'une petite fille qu'ils prénommèrent Emma. Elle se mit à travailler moins et à grossir encore un peu plus, mais ni l'une ni l'autre chose ne lui procura aucun remords. Très rarement il lui arrivait de repenser à Jasper Gwyn, et toujours sans émotion particulière. C'était des souvenirs légers, comme des cartes postales envoyées d'une vie précédente.

Un jour cependant, tandis qu'elle parcourait avec Emma dans sa poussette les allées d'une énorme librairie londonienne, elle tomba sur une offre spéciale au rayon poche et, au sommet d'un présentoir, vit un roman de Klarisa Rode. Sur le moment elle ne fit pas attention au titre, notant simplement qu'elle ne l'avait jamais lu. À la caisse seulement elle s'aperçut qu'il s'agissait en fait du livre que Jasper Gwyn lui avait offert quatre ans plus tôt, le jour où tout s'était terminé. Elle se rappela ce qu'elle en avait fait. Elle sourit, puis paya.

Elle commença à le lire dans le métro, puisque Emma s'était endormie dans sa poussette et qu'elles avaient pas mal de stations avant d'arriver. Elle était déjà captivée, oubliant les gens autour quand soudain, page seize, elle se figea. Incrédule, elle lut encore un peu. Puis levant les yeux, elle dit tout haut :

— Mais regardez-moi ce fils de pute !

Ce qu'elle était en train de lire n'était autre que son propre portrait, mot pour mot, exactement le portrait que Jasper Gwyn avait fait d'elle plusieurs années auparavant.

Elle se tourna vers son voisin et, de façon surréaliste, se sentit obligée de lui expliquer, toujours à voix haute :

— Il l'a copié, il a plagié Klarisa Rode, putain !

Son voisin ne sembla pas saisir l'importance du problème, mais entre-temps quelque chose s'était remis en marche dans la tête de Rebecca — comme un sursaut de bon sens — alors ses yeux revinrent sur le livre.

Une minute, pensa-t-elle.

Elle contrôla la date de parution et comprit que ça ne collait pas. Son portrait, Jasper Gwyn le lui avait fait au moins un an avant que tout se termine. Comment peut-on plagier un livre qui n'est pas encore sorti ?

Elle se tourna à nouveau vers son voisin, mais il apparaissait évident que celui-ci ne pourrait lui être d'un grand soutien.

Jasper Gwyn l'avait peut-être lu avant qu'il ne soit publié. C'était une hypothèse plausible.

Elle se rappelait vaguement que l'histoire des manuscrits de Klarisa Rode était un casse-tête. Rien de plus probable donc que Jasper Gwyn ait réussi, d'une manière ou d'une autre, à les voir avant qu'ils atterrissent chez l'éditeur. Cela se tenait. Juste à ce moment-là, du fond de sa mémoire, lui revint une confidence que Tom lui avait faite, très longtemps en arrière. C'était la fois où il lui avait expliqué quel drôle de type était Jasper Gwyn. Il lui avait raconté le coup de l'enfant jamais reconnu, et lui avait révélé autre chose aussi : il existait des livres de Jasper Gwyn, au moins deux, qui circulaient dans le monde, *mais pas sous son nom.*

Merde.

Voilà pourquoi les inédits de Klarisa Rode n'en finissent pas de pleuvoir ! *C'est lui qui les écrit.*

C'était complètement fou, et en même temps c'était peut-être la vérité.

Cela changerait pas mal la donne, se dit-elle. Instinctivement elle repensa à ce jour où tout avait pris fin, et se vit en train de balancer contre le mur ce stupide roman. Se pouvait-il que ce ne soit pas un stupide roman mais un merveilleux cadeau ? Elle avait du mal à recoller les morceaux. L'idée fulgurante qu'elle venait de recouvrer quelque chose d'important lui traversa l'esprit, quelque chose qui lui revenait depuis un bout de temps. Elle essayait de savoir quoi, *exactement,* quand elle s'aperçut que le métro était arrêté à la station où elle devait descendre.

— Merde !

Elle se leva et descendit précipitamment.

Il lui fallut une poignée de secondes pour prendre conscience de ce qu'elle avait oublié.

— Emma !

Elle fit volte-face alors que les portes se refermaient. Elle commença à taper du plat de ses mains sur les vitres en hurlant, mais le train lentement démarrait déjà.

Des gens s'étaient attroupés et la regardaient.

— Ma fille ! cria Rebecca. Ma fille est là-dedans !

Il ne fut pas très simple, ensuite, de la récupérer.

59

Elle ne jugea pas nécessaire, le soir, de raconter toute l'histoire à Robert, toutefois quand vint le moment d'aller dormir Rebecca lui dit qu'elle devait absolument finir de lire une chose pour son travail et le pria d'aller dormir, lui ; elle restait là, et ne traînerait pas.

— Si Emma se réveille ? demanda-t-il.

— Comme d'habitude. Tu l'étouffes avec son oreiller.

— D'accord.

C'était un homme d'un tempérament adorable.

Étendue sur le canapé, Rebecca prit le livre de Klarisa Rode, le rouvrit à la première page et le lut de bout en bout. Il était 2 heures du matin quand elle arriva à la dernière page. L'histoire se passait dans une petite ville danoise du

XIXᵉ siècle, et parlait d'un père avec ses cinq enfants. Elle la trouva très belle. Plus ou moins au début se trouvait en effet, comme enchâssé, le portrait que Jasper Gwyn avait fait d'elle, mais en vain Rebecca chercha, dans le reste du livre, des passages qui y renvoient de manière significative. De même, aucune page ne semblait avoir été écrite pour elle. Il n'y avait que cette espèce de tableau, posé dans un coin, avec une habileté incontestable.

Elle avait depuis si longtemps tiré un trait sur Jasper Gwyn que tenter de comprendre, maintenant, le sens de toute cette histoire lui apparut d'abord comme un effort qu'elle n'avait pas envie de faire. Il était tard, le lendemain elle devait emmener Emma chez sa belle-mère puis courir au travail. Elle pensa qu'il valait mieux laisser tomber et aller se coucher. Mais tandis qu'elle éteignait les lumières, trouvant encore des choses à ranger, elle eut la sensation étrange de ne pas être chez elle, et de peaufiner les détails de la vie d'une autre. Avec une pointe d'agitation, elle comprit qu'une distance à laquelle elle avait travaillé pendant des années s'était envolée, en un seul jour, avec élégance — un rideau sous l'effet d'un coup de vent. Alors la rattrapa une nostalgie lointaine qu'elle croyait avoir vaincue.

Ainsi, elle n'alla pas se coucher et fit une chose qu'elle n'aurait jamais pensé faire. Elle ouvrit une armoire et extirpa de sous une pile de couvertures en laine les chemises contenant les portraits. Elle se prépara un café, s'assit à son bureau, et commença à sortir les pages dactylographiées, au hasard. Elle se mit à lire ici et là, sans méthode, comme si elle se promenait dans une galerie d'art. Elle ne le faisait pas pour comprendre, ou trouver des réponses. Elle appréciait simplement les couleurs, cette lumière particulière, progressant décidée sur les traces d'une certaine imagination. Elle le faisait parce que tout cela était un lieu, et c'était dans ce lieu qu'elle avait envie d'être, cette nuit.

Lorsqu'elle s'arrêta, les premières lueurs de l'aube caressaient déjà les fenêtres. Ses yeux la piquaient. Elle sentit soudain l'appel d'un sommeil lourd, irrésistible. Elle se glissa dans le lit, et Robert se réveilla juste le temps de lui demander, sans vraiment s'en apercevoir, si tout allait bien.

— Tout va bien, dors.

Elle se serra doucement contre lui, en se tournant sur le côté, et s'endormit.

60

Ce matin-là elle se réveilla complètement déboussolée. Elle téléphona au bureau pour dire qu'elle avait une urgence et qu'elle ne pourrait pas venir travailler. Puis elle emmena Emma chez sa belle-mère ; une femme sympathique, plus grosse qu'elle, qui n'en finissait plus de lui être reconnaissante d'avoir arraché son fils des griffes d'une végétarienne. Rebecca lui dit qu'elle reviendrait dans l'après-midi et ajouta que si elle avait du retard, elle la préviendrait. Elle embrassa Emma et rentra chez elle.

Dans le silence de la maison déserte, elle reprit le livre de Klarisa Rode et se força à réfléchir. Elle détestait les énigmes et savait qu'elle n'avait pas l'intelligence adaptée pour s'amuser à les résoudre. En même temps, elle n'était pas très sûre de vouloir se replonger dans cette histoire qu'elle croyait morte et enterrée. Mais évidemment, elle aurait aimé pouvoir s'assurer que ce livre avait été un cadeau à son intention — la marque d'affection qui dans ces lointains adieux lui avait manqué. Tout comme elle aurait aimé, indubitablement, découvrir elle seule jusqu'où pouvait aller, vraiment, l'infinie étrangeté de Jasper Gwyn.

Elle réfléchit longuement.

Puis elle se leva, rassembla les chemises contenant les portraits après avoir mis la sienne de côté, et les glissa dans un grand sac. Elle s'habilla et appela un taxi. Elle se fit déposer près du British Museum, parce que s'il y avait une personne au monde susceptible de l'aider, c'était bien Doc Mallory.

61

Mallory, elle l'avait connu dans le bureau de Tom ; c'était un des nombreux personnages invraisemblables qui y travaillaient, même si le terme *travailler* n'est pas le plus approprié.

Proche de la cinquantaine, il avait un vrai prénom mais tout le monde l'appelait Doc. Tom le gardait à ses côtés depuis un bail et le considérait comme absolument indispensable. En effet, Mallory était l'homme qui avait tout lu. Doté d'une mémoire formidable, il semblait avoir passé plusieurs vies à parcourir des livres et à les indexer dans un prodigieux catalogue mental. Quand on avait une question, c'est lui qu'on allait voir. En général on le trouvait derrière son bureau, en train de lire. Il était toujours en veste et cravate parce que, soutenait-il, les livres méritent un certain respect, tous, même les plus horribles. On allait le consulter pour connaître la graphie exacte des noms russes ou pour avoir un aperçu de la littérature japonaise des années vingt. Des choses comme ça. Le voir à l'œuvre était un privilège. Une fois, un des auteurs de Tom s'était retrouvé accusé de plagiat ; on lui reprochait d'avoir copié une scène de bagarre dans un polar américain des années cinquante. Tom avait arraché dans le livre les pages incriminées et les avait apportées à Mallory.

— Essaie de voir si tu arrives à te souvenir d'une trentaine de livres dans lesquels il y a une scène de ce genre, lui dit-il.

Deux heures plus tard Mallory s'était présenté avec une liste détaillée d'exemples de bagarres et d'échauffourées qui semblaient toutes issues de la même plume.

— Magnifique ! s'était exclamé Tom.

— Je n'ai fait que mon devoir, avait répondu

Mallory avant de retourner à son bureau lire une biographie de Magellan.

Après la mort de Tom, il avait ouvert avec ses économies une petite librairie, derrière le British Museum, dans laquelle il ne vendait que les livres qui lui plaisaient. Rebecca y passait de temps en temps, surtout pour le plaisir de le saluer et de parler un peu. Mais ce jour-là c'était différent, elle avait une chose très précise à lui demander. Quand elle entra dans la boutique, avant même de dire bonjour, elle tourna le petit panneau qui était accroché à la porte et qui disait OUI, C'EST OUVERT! De l'autre côté on pouvait lire JE NE REVIENS PAS TOUT DE SUITE.

— Tu as l'intention de rester longtemps, j'ai l'impression, lança Mallory depuis sa caisse.

— Bien vu, dit Rebecca.

62

Elle posa son grand sac par terre et alla l'embrasser. On ne pouvait pas vraiment dire qu'elle l'aimait, mais un peu quand même. Elle connaissait son odeur par cœur : un mélange de poussière et de bonbons à l'anis.

— Tu n'as pas l'air d'être venue pour acheter un livre, Rebecca.

— En effet. Je suis venue pour rendre ta journée inoubliable.

— Aïe.

— Doc, tu te souviens de Jasper Gwyn?

— Tu plaisantes?

Il commençait déjà à égrener toute sa bibliographie.

— Attends, c'est autre chose que je voulais te demander. Tu te souviens de l'histoire des portraits?

Mallory se mit à rire.

— Qui ne s'en souvient pas, chez Tom on ne parlait que de ça.

— Que savais-tu là-dessus?

— À vrai dire, tu étais celle qui en savait le plus.

— D'accord, mais que savais-tu, toi?

— Pas grand-chose. On racontait qu'il était devenu fou, avec ce projet. Mais le bruit courait aussi qu'il était arrivé à vendre ses portraits cent mille livres l'unité.

— Si seulement, souffla Rebecca.

— Tu vois que c'est toi qui en sais le plus.

— Oui, mais je ne sais pas tout, il m'en manque un morceau et tu es le seul à pouvoir m'aider.

— Moi?

Rebecca plongea dans son cabas, en sortit les chemises et posa celles-ci sur le comptoir.

Doc Mallory contrôlait ses factures quand elle était entrée, aussi avait-il retroussé ses manches. Il pivota, alla prendre sa veste, l'enfila et reprit place derrière sa caisse.

— Ce sont les portraits?

— Oui.

— Je peux?

Il tourna les chemises vers lui, et se limita à poser les mains dessus, ouvertes, avec délicatesse.

— Tom aurait donné cher pour les lire, dit-il la voix teintée de tristesse.

— Et toi ?

Mallory leva les yeux sur elle.

— Tu sais que les lire serait un honneur, pour moi.

— Alors fais-le, Doc, j'ai besoin que tu le fasses.

Mallory resta silencieux un instant. Ses yeux brillaient.

— Pourquoi ? demanda-t-il.

— J'ai besoin de savoir s'il les a copiés.

— *Copiés* ?

— Piochés dans d'autres livres, je ne sais pas, un truc comme ça.

— Mais enfin, cela n'aurait pas de sens.

— Beaucoup de choses n'ont pas de sens quand on a affaire à Jasper Gwyn.

Mallory sourit. Il savait que c'était vrai.

— Tu les as lus ?

— Plus ou moins.

— Et tu as pu te faire une idée ?

— Non. Mais moi je n'ai pas lu tous les livres du monde.

Mallory éclata de rire.

— Attention, je ne les lis pas tous. Souvent je les feuillette.

Il examina les chemises de plus près.

— À mon avis, tu délires.

— Dissipons ce doute. Lis-les.

Il hésita encore un peu.

— Ce serait un immense plaisir.

— Alors vas-y.

— Très bien, je les lirai.

— Non, non, tu n'as pas compris, lis-les maintenant, et ensuite tu les oublies le plus vite possible ; si jamais tu en parles à quelqu'un je viens ici personnellement et je t'arrache les couilles.

Mallory la regarda. Rebecca sourit.

— Je plaisantais.

— Ah.

— Mais pas totalement.

Puis elle retira son imperméable, chercha une chaise pour s'installer et dit à Mallory qu'il pouvait prendre tout son temps, ils avaient la journée devant eux.

— Qu'est-ce que je pourrais lire, histoire de ne pas m'ennuyer ? demanda-t-elle.

Mallory esquissa un vague geste en direction des rayonnages, sans même détacher son regard des chemises, encore fermées.

— Débrouille-toi, j'ai à faire.

63

Deux heures plus tard, Mallory referma la dernière chemise et demeura un moment immobile. Rebecca leva les yeux de son livre et fit mine de dire quelque chose. Mais Mallory lui fit un signe, pour l'arrêter. Il voulait réfléchir encore un peu, ou alors il avait besoin de temps pour revenir d'un lieu très reculé.

Finalement il demanda à Rebecca ce qu'en avaient pensé les clients, de ces portraits. Comme ça, par curiosité.

— Ils ont toujours été très satisfaits, répondit Rebecca. Ils se reconnaissaient. Il y avait un effet de surprise, une sorte de magie.

Mallory acquiesça.

— Oui, je peux imaginer.

Puis il demanda autre chose.

— Sais-tu lequel est celui de Tom?

Aucun nom ne figurait sur les portraits, ils pouvaient représenter n'importe qui.

— Je n'en suis pas sûre, mais je crois l'avoir reconnu.

Ils se regardèrent.

— Celui où il n'y a que des enfants? hasarda Mallory.

Rebecca opina.

— Je l'aurais parié, lança Mallory, en riant.

— C'est complètement Tom, non?

— Tom tout craché.

Rebecca lui sourit. C'était incroyable comme cet homme avait tout compris sans pratiquement poser une seule question. Lire des milliers de livres n'est peut-être pas si inutile au fond, pensa-t-elle. Puis elle se rappela qu'elle était là pour une question bien précise.

— Et par rapport à cette histoire de plagiat, quel est ton avis, Doc?

Elle parlait comme s'il s'agissait à présent d'un détail mineur.

Mallory hésita un instant. Il eut un geste vague

et gagna un peu de temps en se mouchant bruyamment dans un grand mouchoir. Tandis qu'il le repliait pour le remettre dans sa poche il dit que lui, un de ces portraits, il l'avait déjà lu. Il attrapa une chemise dans la pile et la posa sur le comptoir. Il l'ouvrit, et relut quelques lignes.

— Oui, celui-ci vient tout droit d'un autre livre, affirma-t-il à contrecœur.

Rebecca ressentit un pincement quelque part et ne parvint pas à dissimuler une grimace.

— Tu es sûr?

— Oui.

Tout se compliquait terriblement.

— Tu te rappelles de quel livre il s'agit? demanda-t-elle.

— Oui, il s'intitule *Trois fois dès l'aube*. Un beau texte, court. Dans mon souvenir, la première partie ressemble beaucoup à ce portrait, peut-être pas au mot près, je crois qu'elle est plus longue. Mais certaines phrases, je peux te l'assurer, sont identiques. Et la scène est la même, deux personnages dans un hôtel, il n'y a pas de doute.

Rebecca passa une main dans ses cheveux. Et merde, pensa-t-elle. Elle prit la chemise ouverte, la tourna, jeta un coup d'œil au début du portrait. Un des plus beaux, sacrilège.

— Tu l'as ici, ce fichu livre?

— Non, je l'avais, mais il est parti très vite. Il était paru chez un petit éditeur, avec un tirage très faible, c'était ce qu'on appelle une curiosité.

— Dans quel sens?

— Ben, on l'avait trouvé dans les papiers d'un

vieux professeur de musique, un Indien décédé quelques années plus tôt. Personne ne se rappelait qu'il ait jamais écrit quoi que ce soit, mais on dénicha cette espèce de récit. L'éditeur l'a trouvé beau et l'a publié, cela doit faire environ deux ans. Un millier d'exemplaires, même moins. Un petit bouquin de rien du tout.

Rebecca leva les yeux sur lui.

— Qu'est-ce que tu as dit ?

— Comment ça ?

— Répète ce que tu as dit.

— Rien… que c'est un Indien décédé depuis quelques années qui l'a écrit, un type qui faisait un tout autre métier, qui n'avait jamais été publié. Bref, la perle rare quoi. Très beau texte, je dois dire. Typiquement le genre de chose que Jasper Gwyn pouvait avoir lu.

Typiquement le genre de chose que Jasper Gwyn pouvait avoir écrit, se dit Rebecca. Alors Doc Mallory ne comprit pas bien pourquoi tout à coup elle se précipita de l'autre côté du comptoir pour lui sauter au cou. Il ne comprit pas bien non plus pourquoi elle avait les yeux rouges.

— Doc, je t'aime.

— Il aurait fallu me le dire beaucoup plus tôt, chérie.

— Il ne les a pas copiés, Doc, il ne les a pas copiés du tout.

— Enfin je viens de te démontrer le contraire.

— Un jour je t'expliquerai, mais tu dois me croire, il ne les a pas copiés.

— Et qu'est-ce qu'on fait pour *Trois fois dès l'aube*?

— Laisse tomber, tu ne peux pas comprendre, dis-moi plutôt si tu l'as en stock.

— Je t'ai déjà répondu. Non.

— T'as jamais rien, toi.

— Eh là, jeune fille !

— Je plaisante, allez, note-moi ici le titre et le nom de l'auteur.

Mallory s'exécuta. Rebecca jeta un coup d'œil.

— Akash Narayan, *Trois fois dès l'aube*, O.K.

— C'était une de ces maisons d'édition à l'appellation improbable, du genre L'épi et le blé.

— Je vais me débrouiller. Là, je dois courir le chercher.

Elle rassembla les chemises et les mit dans son cabas. En enfilant son imperméable, elle rappela à Mallory ce qui lui arriverait s'il osait parler à quelqu'un de ce qu'il venait de lire.

— Très bien, très bien.

— Je reviens bientôt et te raconte tout. Tu es génial, Doc.

Elle partit en courant comme si elle avait des années de retard. D'une certaine manière, c'était le cas.

Avant de fermer boutique, ce soir-là, Doc Mallory alla vers l'étagère où se trouvaient deux des trois romans de Jasper Gwyn (le premier ne lui avait jamais plu). Il les prit, et les tourna un moment dans ses mains. Il dit quelques mots à voix basse en inclinant légèrement la tête, une discrète révérence sans doute.

196

64

Trois fois dès l'aube, Rebecca le trouva dans une énorme librairie de Charing Cross et, pour la première fois, elle se dit que ces abominables supermarchés du livre avaient sans doute une raison d'être. Elle ne résista pas à la tentation, et se mit à le feuilleter là, assise par terre, dans un coin tranquille consacré aux ouvrages de puériculture.

L'éditeur avait en effet un nom improbable. La vigne et la charrue. Affreux, pensa-t-elle. Sur le volet de la jaquette figurait la note biographique d'Akash Narayan. On apprenait qu'il était né à Birmingham et qu'il y était mort à l'âge de quatre-vingt-douze ans, après avoir passé sa vie à enseigner la musique. Le genre de musique n'était pas spécifié. Puis on nous disait que *Trois fois dès l'aube* était son unique livre et qu'il avait été publié à titre posthume. Rien d'autre. Pas même l'ombre d'une photographie.

La quatrième de couverture n'apportait pas grand-chose de plus. Elle révélait que l'histoire se déroulait dans une ville anglaise non citée, et qu'elle se concentrait sur deux heures. Mais deux heures très paradoxales, était-il ajouté, avec une note volontairement énigmatique.

Jetant un coup d'œil au frontispice, elle découvrit que le livre avait d'abord été écrit en hindi, et dans un second temps seulement traduit en anglais. Le nom du traducteur ne lui dit rien. Par contre elle lut avec une grande satisfaction la dédicace, étrange, qui apparaissait en tête du premier chapitre.

À Catherine de Médicis et au génie de Camden Town.

— Ravie de vous retrouver, Mr Gwyn, dit-elle tout bas.

Puis elle se précipita chez elle, parce qu'elle avait un petit livre à lire.

65

Elle laissa Emma chez sa grand-mère pour la nuit, et demanda à Robert s'il ne voulait pas aller au cinéma avec un ami parce qu'elle avait absolument besoin de rester seule à la maison, ce soir-là. Elle devait travailler sur un projet très compliqué et préférait n'avoir personne autour d'elle. Elle y mit les formes, et lui, nous l'avons dit, était d'un tempérament adorable. Il demanda juste à quelle heure il pouvait rentrer.

— Pas avant 1 heure ? tenta Rebecca.

— On va voir, dit-il, alors que de son côté il projetait plutôt de regarder un peu la télévision et d'aller se coucher tôt.

Avant de sortir il l'embrassa et lui dit seulement :

— Je n'ai pas de raison de m'inquiéter, on est d'accord ?

— Aucune raison, affirma Rebecca — même si elle n'en était pas si sûre.

Une fois seule, elle se mit à son bureau et commença à lire.

Évidemment, Doc ne s'était pas trompé. *Trois fois dès l'aube* se divisait en trois parties et la première ressemblait fortement à l'un des portraits de Jasper Gwyn. Il était vrai aussi qu'elle apparaissait plus longue, cependant, quand elle contrôla, Rebecca nota que tous les détails importants étaient présents de part et d'autre. Cela ne faisait pas de doute, les deux textes étaient jumeaux.

Doc ne s'était pas trompé non plus en disant que ce livre était un bon livre. Les deux autres parties coulaient de manière si fluide que Rebecca finit par les lire en oubliant sur de longs passages la vraie raison pour laquelle elle le faisait. Il s'agissait surtout de dialogues, avec deux personnages, toujours les mêmes — mais il y avait dans le ton quelque chose de paradoxal et de surprenant. On finissait par regretter que cet Akash Narayan ait perdu tout ce temps à enseigner la musique, alors qu'il était capable d'écrire de telles choses. À condition de croire qu'il existait vraiment, bien sûr.

Rebecca se leva pour aller faire du café. Elle regarda l'heure, et vit qu'il lui restait encore un bon bout de soirée. Elle prit les portraits de Jasper Gwyn et les posa sur le bureau.

Bon, se dit-elle. Résumons la situation. Klarisa Rode n'existe pas, c'est Jasper Gwyn qui écrit ses textes. Pareil pour Akash Narayan. Jusqu'ici tout va bien. Pourquoi il a inséré mon portrait dans le roman de Klarisa Rode, je peux l'imaginer : parce qu'il m'aimait (ça, elle le pensa en souriant). Maintenant essayons de découvrir pourquoi diable il a inséré l'autre portrait dans *Trois fois dès l'aube*. Et pourquoi ce portrait précisément, d'ailleurs. Qui est le connard qui a mérité un aussi beau cadeau que le mien ? s'interrogea-t-elle. Cela commençait à l'amuser.

Le problème était que dans les portraits que Jasper Gwyn lui avait confiés il n'y avait rien qui lui permette de remonter de façon sûre à un des clients qui avaient payé pour les obtenir. Pas un nom, pas une date, rien. D'ailleurs la technique simple mais singulière avec laquelle ils étaient réalisés n'aidait pas à reconnaître la personne qui les avait inspirés, à moins d'entretenir avec elle une familiarité profonde. En somme, cela avait tout d'une mission impossible.

Rebecca commença à procéder par exclusion. Elle avait lu une page du portrait de la jeune fille et, avec une grande satisfaction, elle parvint à conclure que celui de *Trois fois dès l'aube* n'était pas le sien. Le portrait de Tom, elle pensait l'avoir reconnu, et si elle avait quelques doutes Mallory les avait dissipés : on pouvait donc exclure celui-là aussi (dommage, se dit-elle, c'était le seul cas qui ne l'aurait pas dérangée). Ainsi il en restait neuf.

Elle prit une feuille et les lista en colonne.

Mr Trawley.

La femme de quarante ans amoureuse de l'Inde (aïe, pensa-t-elle).

L'ancienne hôtesse de l'air.

Le jeune homme qui peignait.

L'acteur.

Les deux jeunes mariés.

Le médecin.

La femme avec ses quatre poèmes de Verlaine.

Le couturier de la reine.

Fin.

Elle se leva pour aller les chercher. Elle mit de côté les chemises contenant le sien, celui de Tom et celui de la jeune fille. Puis elle ouvrit les autres et les étala sur le bureau.

Maintenant voyons si j'arrive à y comprendre quelque chose.

Elle fit plusieurs hypothèses en déplaçant les chemises ouvertes, devant elle, pour tenter de les associer avec les personnages de sa liste. C'était un vrai casse-tête, aussi Rebecca ne releva qu'au bout d'un moment un détail qui aurait dû attirer son attention bien plus tôt et qui la laissa interdite. Il y avait neuf personnages, mais dix portraits.

Elle vérifia trois fois, cela ne faisait aucun doute.

Jasper Gwyn lui avait envoyé un portrait supplémentaire.

Impossible. C'est elle qui les avait programmés un par un, ces portraits, elle les avait suivis du début à la fin, et il était impensable que durant tout le temps où ils avaient travaillé ensemble Jasper Gwyn ait trouvé moyen d'en faire un à son insu.

Ce portrait ne devrait pas exister.

Elle recompta.

Mince, il y en avait bien dix.

D'où sortait ce fichu dixième ? Et bon sang, qui était-ce ?

Elle le comprit soudainement, avec la même fulgurance que quand on découvre parfois, longtemps après, des choses qui sont sous nos yeux depuis toujours, juste en apprenant à les regarder.

Elle prit dans ses mains le portrait inséré dans *Trois fois dès l'aube* et commença à le relire.

Comment n'y ai-je pas pensé plus tôt, se demanda-t-elle.

Le hall de l'hôtel, putain.

Elle poursuivit sa lecture, avidement, comme aspirée par les mots.

Bon sang mais c'est lui, c'est sa copie conforme, se dit-elle.

Alors elle leva les yeux de ces lignes et comprit que tous les portraits de Jasper Gwyn resteraient dans l'ombre, ainsi qu'il l'avait désiré, mais pour deux d'entre eux d'une manière singulière, parcourant le monde cousus secrètement dans les pages d'un livre. Il y en avait un qu'elle connaissait très bien, c'était le sien. L'autre, elle venait de l'identifier et c'était le portrait auquel tout peintre s'essaie tôt ou tard — un autoportrait.

De loin, elle avait l'impression qu'ils se regardaient, un rien au-dessus des autres. Maintenant oui, se dit-elle — maintenant tout est comme je l'avais toujours imaginé.

Elle se leva et chercha un geste à faire. Quelque chose de simple. Elle se mit à ranger les livres qui traînaient un peu partout, à travers l'appartement. Elle se limitait à les regrouper en petites piles, du plus grand au plus petit. En même temps, elle se remémorait la douceur tardive de Jasper Gwyn, et la faisait tourner dans sa tête, pour le plaisir de l'observer sous tous les angles. Elle était plongée dans la lumière d'un bonheur étrange, qu'elle n'avait jamais éprouvé, et qu'il lui semblait pourtant avoir porté en elle pendant des années, en attendant qu'il veuille bien éclore. Il lui parut impossible d'avoir pu se consacrer à autre chose, durant tout ce temps, qu'à protéger ce bonheur et le cacher. C'est fou ce dont nous sommes capables, pensa-t-elle. Grandir, aimer, faire des enfants, vieillir — et tout cela même lorsque nous sommes ailleurs, dans le temps suspendu d'une réponse non reçue, ou d'un geste avorté. Que de sentiers et d'allures différentes pour les parcourir, dans ce qui apparaît comme un unique voyage.

Quand Robert rentra, passablement éméché, elle était encore éveillée, assise dans un coin du canapé. Sur le bureau, éparpillées, il y avait toutes ces fameuses chemises.

— Tout va bien ? il lui demanda.

— Oui.

— Tu es sûre?

— Oui, je crois.

66

Ensuite, elle aurait pu faire beaucoup de choses et une en particulier : découvrir où se cachait Jasper Gwyn. Il n'aurait pas été difficile de remonter jusqu'à lui en passant par l'éditeur de Klarisa Rode, ou par celui de *Trois fois dès l'aube*. Comment pourraient-ils refuser de lui donner une adresse, ou toute autre information, en échange de son silence?

Cependant, durant plusieurs jours elle poursuivit sa vie normale, en s'autorisant juste de temps en temps une pensée clandestine. Elle divaguait parfois en imaginant la scène où elle arrivait dans un lieu improbable, et s'asseyait devant une maison, pour l'attendre. Elle s'imaginait ne plus rentrer chez elle. Plusieurs fois elle formula et reformula dans sa tête une lettre brève, une lettre qui devait être écrite à la main, dans une graphie élégante. Elle aurait aimé qu'il sache qu'elle savait, tout simplement. Et que cela la ravissait. Elle pensait à Doc aussi, et au plaisir que ce serait de tout lui raconter. Ou au plaisir que ce serait de tout raconter à n'importe qui, et plein de fois.

Mais elle continuait de mener sa vie de tous les jours.

Lorsqu'elle sentit que c'était le bon moment,

parmi toutes les choses qu'elle aurait pu faire elle en choisit une, la plus petite — la dernière.

67

Elle arriva à Camden Town, et dut interroger pas mal de gens avant de trouver la boutique du vieux marchand d'ampoules. Elle le découvrit assis dans un coin, les mains figées. Les choses ne devaient pas aller très bien, pour lui.

— Je peux? lança-t-elle, en entrant.

Le petit vieux eut un de ses gestes.

— Je m'appelle Rebecca. Il y a quelques années, j'ai travaillé avec Jasper Gwyn; vous vous souvenez de lui?

Le petit vieux appuya sur un bouton et la boutique se remplit d'une lumière douce et languide.

— Gwyn?

— Oui. Il venait ici pour les ampoules de son atelier. Il en prenait chaque fois dix-huit, toujours les mêmes.

— Bien sûr que je me souviens de lui, je suis vieux, mais pas idiot.

— Ce n'est pas ce que je voulais dire.

L'artisan se leva et s'approcha du comptoir.

— Il ne vient plus, dit-il.

— Non. Il ne travaille plus ici. Son atelier est fermé. Il est parti.

— Où?

Rebecca hésita un instant.

— Je n'en ai pas la moindre idée.

L'artisan éclata d'un beau rire, moins vieux que lui. Il semblait content que Jasper Gwyn ait réussi à disparaître sans laisser de trace.

— Pardonnez-moi, dit-il.

— De quoi?

— J'ai un faible pour les gens qui disparaissent.

— Ne vous inquiétez pas, moi aussi, le rassura Rebecca.

Puis elle sortit un livre de son sac.

— Je vous ai apporté quelque chose. J'ai pensé que cela vous ferait plaisir.

— À moi?

— Oui, à vous.

Elle posa *Trois fois dès l'aube* sur le comptoir. C'était son exemplaire, elle n'avait pu en trouver un autre.

— Qu'est-ce que c'est? demanda le vieux.

— Un livre.

— Je vois bien. Mais c'est quoi?

— Un livre que Jasper Gwyn a écrit.

Le petit vieux ne le toucha même pas.

— Je ne lis plus depuis six ans.

— Vraiment?

— Trop d'ampoules. Ça m'a esquinté la vue. Je préfère la préserver pour mon travail.

— Je suis désolée. En tout cas vous n'êtes pas obligé de le lire complètement, ce livre, il suffit que vous en lisiez une ligne.

— C'est un jeu?

Le vieux était déjà un peu énervé.

— Non, non, rien de ce genre, dit Rebecca.

Elle ouvrit le livre à la première page et le tendit à l'artisan.

Il ne le toucha pas. Il décocha un regard soupçonneux à Rebecca puis se pencha sur le livre. Il dut se pencher franchement, le nez presque collé au papier.

Il n'y avait que le titre et la dédicace. Il lui fallut un certain temps. Enfin il releva la tête.

— Qu'est-ce que cela signifie ?

— Rien. C'est une dédicace. Jasper Gwyn vous a dédié ce livre, c'est tout. À vous et à vos ampoules, je crois.

Le vieux baissa à nouveau la tête, de cette façon exagérée, et relut tout depuis le début. Il voulait être bien sûr.

Il se redressa et prit le livre des mains de Rebecca, avec une précaution qu'il réservait d'habitude exclusivement à ses ampoules.

— Il parle de moi ? demanda-t-il.

— Non, en vérité je ne pense pas. Il vous l'a dédié parce qu'il vous admirait. Ça, j'en suis sûre. Il avait une grande estime pour vous.

Le petit vieux déglutit. Il fit tourner un moment le livre dans ses mains.

— Gardez-le, dit Rebecca, il est à vous.

— Vous êtes sérieuse ?

— Je suis sérieuse.

En souriant, l'artisan baissa encore une fois le regard sur le livre pour observer à nouveau la couverture.

— Il n'y a pas le nom de Mr Gwyn, nota-t-il.

— Jasper Gwyn aime bien de temps en temps écrire sous un faux nom.

— Pourquoi ?

Rebecca haussa les épaules.

— C'est une longue histoire. Disons qu'il aime être introuvable.

— Disparaître.

— Oui, disparaître.

Le vieux acquiesça, comme s'il était parfaitement capable de comprendre.

— Il m'avait dit qu'il était copiste.

— Ce n'était pas complètement faux.

— C'est-à-dire ?

— Quand vous l'avez connu, il copiait les gens. Il faisait des portraits.

— Il peignait ?

— Non. Il *écrivait* des portraits.

— Ça existe ?

— Non. Enfin, ça existe depuis qu'il a commencé à le faire.

Le vieux réfléchit un peu. Puis il dit que les ampoules fabriquées à la main n'existaient pas non plus avant qu'il ne se mette à en faire.

— Au début, tout le monde me prenait pour un fou.

Alors il raconta que la première personne qui avait cru en lui était une comtesse qui voulait dans son boudoir une lumière identique à celle de l'aurore.

— Ce fut loin d'être facile, se rappela-t-il.

Ils restèrent un long moment silencieux, puis Rebecca dit qu'elle devait vraiment partir.

— Oui, bien sûr, enchaîna l'artisan. Vous avez déjà été par trop aimable de venir jusqu'ici.

— Je l'ai fait volontiers, j'ai été baignée dans la lumière de vos ampoules. C'est une lumière qu'on n'oublie pas comme ça.

Le vieil homme eut peut-être les larmes aux yeux, mais on ne pouvait l'affirmer, parce que les yeux des vieux pleurent toujours un peu.

— Me feriez-vous l'honneur d'accepter un modeste présent ? dit-il.

Il s'approcha d'une étagère, attrapa une ampoule, l'enveloppa dans une feuille de papier de soie et la tendit à Rebecca.

— C'est une Catherine de Médicis, précisa-t-il. Prenez-en soin.

Rebecca la prit avec moult précaution et la mit dans son sac. C'était comme si on lui avait offert un petit animal. Vivant.

— Merci. C'est un très beau cadeau.

Elle regagna la porte et, juste avant de l'ouvrir, elle entendit la voix du petit vieux qui lança une dernière question.

— Comment faisait-il ?

Elle se retourna.

— Pardon ?

— Comment faisait Mr Gwyn pour *écrire* des portraits ?

Cette question, on la lui avait posée des dizaines de fois. Elle eut un petit rire. Mais l'artisan garda son sérieux.

— Je veux dire, que diable écrivait-il dans ces portraits ?

Rebecca avait une réponse qu'elle s'était habituée à donner pendant des années, chaque fois qu'on lui posait cette question, pour abréger la conversation. Elle s'apprêtait à y recourir quand elle perçut cette lumière douce et languide qui l'enveloppait. Alors elle dit autre chose.

— Il écrivait des histoires.

— Des histoires ?

— Oui. Il écrivait un bout d'histoire, une scène, comme si c'était le fragment d'un livre.

L'artisan secoua la tête.

— Les histoires, ce ne sont pas des portraits.

— Pour Jasper Gwyn si. Un jour, nous étions assis dans un parc, et il m'a expliqué que nous avons tous une certaine idée de nous-même, peut-être à peine ébauchée, confuse, mais au bout du compte nous tendons à avoir une certaine idée de nous-même ; et la vérité est que souvent, nous faisons coïncider cette idée avec un personnage imaginaire dans lequel nous nous reconnaissons.

— Par exemple ?

Rebecca réfléchit un instant.

— Par exemple quelqu'un qui veut rentrer chez lui mais qui ne trouve plus son chemin. Ou quelqu'un qui voit les choses toujours un peu avant les autres. Voilà. C'est ce que nous parvenons à deviner de nous.

— Mais c'est idiot.

— Non. C'est imprécis.

Le petit vieux la fixa. On voyait qu'il avait vraiment envie de comprendre.

— Jasper Gwyn m'a enseigné que nous ne sommes pas des personnages, mais des histoires, dit Rebecca. Chacun de nous s'arrête à l'idée qu'il est un personnage engagé dans Dieu sait quelle aventure, même très simple, or nous devrions savoir que nous sommes toute l'histoire, et pas seulement ce personnage. Nous sommes la forêt dans laquelle il chemine, le voyou qui le malmène, le désordre qu'il y a autour, les gens qui passent, la couleur des choses, les bruits. Vous comprenez?

— Non.

— Vous fabriquez des ampoules; ne vous est-il jamais arrivé de voir une lumière dans laquelle vous vous êtes reconnu? Une lumière qui était vraiment vous?

Le vieil homme se souvint d'une lanterne allumée au-dessus de la porte d'un cottage, des années plus tôt.

— Une fois, dit-il.

— Alors vous pouvez comprendre. Cette lumière, c'est juste le fragment d'une histoire. S'il y a une lumière qui vous ressemble, il doit y avoir aussi un bruit, un coin de rue, un homme qui marche, de nombreux hommes, ou une femme seule, plein de choses. Ne vous arrêtez pas à cette lumière, pensez à tout le reste, pensez à une histoire. Êtes-vous conscient qu'elle existe, quelque part, et que si vous la trouviez, ce serait votre portrait?

Le petit vieux eut un de ses gestes. Cela évoquait vaguement un oui. Rebecca sourit.

— Jasper Gwyn disait que chacun de nous est la page d'un livre, mais d'un livre que personne n'a jamais écrit et que nous cherchons en vain dans les rayonnages de notre esprit. Il m'a dit que ce qu'il essayait de faire était d'écrire ce livre pour les gens qui venaient le voir. Il fallait réunir les bonnes pages. Il était sûr d'y arriver.

Les yeux du petit vieux sourirent.

— Et il y arrivait?

— Oui.

— Comment faisait-il?

— Il regardait les gens. Longuement. Jusqu'à ce qu'il découvre leur histoire.

— Il les regardait et rien d'autre.

— Oui. Il pouvait discuter, mais brièvement, et à un seul moment. En général il laissait le temps passer sur eux et emporter un tas de choses, alors il trouvait l'histoire.

— Quel genre d'histoire?

— Il y avait de tout. Une femme qui se bat pour sauver son fils de la peine de mort. Cinq astronomes qui ne vivent que la nuit. Ce genre-là. Mais juste un fragment, une scène. Cela suffisait.

— Et les gens à la fin se reconnaissaient.

— Ils se reconnaissaient dans les événements qui se produisaient, dans les objets, les couleurs, le ton, dans une certaine lenteur, dans la lumière, et aussi dans les personnages, bien sûr, mais dans tous, pas dans un seul, dans tous les personnages, simultanément — vous savez, nous sommes un tas de choses, nous les hommes, et toutes ensemble.

Le vieux ricana, mais de façon douce, gentille.

— C'est difficile à croire, dit-il.

— Je sais. Mais je vous assure que cela se passait comme ça.

Elle hésita quelques secondes avant d'ajouter une ré-flexion qui sembla lui venir précisément à cet instant.

— Quand il a fait mon portrait, je l'ai lu, une fois terminé, et il y avait un paysage, à un moment donné, un paysage en quatre lignes; eh bien, *je suis* ce paysage, croyez-moi, je suis toute cette histoire, je suis les bruits de cette histoire, son rythme et son atmosphère, chaque personnage de cette histoire, mais je suis aussi avec une exactitude déconcertante ce paysage, je l'ai toujours été et le serai toujours.

L'artisan lui sourit.

— Je suis sûr que ce paysage était magnifique.

— Il l'était, dit Rebecca.

Ce fut lui qui, pour finir, s'approcha d'elle pour la saluer. Rebecca lui serra la main et s'aperçut qu'elle le faisait avec précaution, comme elle l'avait fait des années plus tôt avec Jasper Gwyn.

68

Récemment est paru un autre roman de Klarisa Rode, inachevé. Il semble que la mort l'ait surprise alors qu'elle devait encore en écrire, d'après le plan contenu dans ses notes, une bonne moitié. C'est un texte curieux car, contre toute logique, la partie manquante est le début. Il y a deux chapitres sur quatre, et ce sont les deux derniers. Pour le lecteur, il s'agit donc d'une expérience qu'on pourrait à raison qualifier de singulière, sans pour autant aller jusqu'à la juger absurde. Ce n'est pas autrement que nous connaissons nos parents, du reste, voire nous-même parfois.

Le héros est un météorologue amateur convaincu de pouvoir prédire le temps à partir d'une méthode bien à lui, statistique. On devine que dans la première partie du livre, inexistante, auraient dû être exposées les origines de cette fixation, mais celles-ci ne s'avèrent finalement pas si importantes quand on s'attaque à la partie que Klarisa Rode a effectivement écrite, et dans laquelle sont reconstituées les recherches menées, sur plusieurs années, par le personnage : l'objectif qu'il s'était fixé au préalable était de relever le temps qu'il avait fait, chaque jour, au Danemark, au cours des soixante-quatre dernières années. Pour l'atteindre il avait dû réunir une masse de données impressionnante. À force d'entêtement et de patience, néanmoins, il en était venu à bout. À la fin de l'ouvrage on raconte que, sur la base des statistiques relevées, le météorologue amateur était capable d'affirmer, par exemple, que le 3 mars, au Danemark, les probabilités de soleil étaient de six pour cent; que les probabilités de pluie le 26 juillet étaient pratiquement nulles.

Pour recueillir les données dont il avait

besoin, le météorologue amateur suivait une méthode qui participe finalement du charme du livre : il interrogeait les gens. Il était parvenu à la conclusion qu'en moyenne chaque être humain a un souvenir précis du temps qu'il a fait sur au moins huit jours de sa vie. Il se promenait et menait son enquête. Comme les personnes interrogées associaient chaque souvenir du temps atmosphérique à un moment particulier de leur vie (leur mariage, la mort de leur père, le premier jour de la guerre), Klarisa Rode finit par construire une impressionnante galerie de personnages, magistralement brossés en quelques traits rares, mais parlants. *Une fascinante mosaïque de vie réelle et perdue*, pour reprendre la définition d'un critique américain influent.

Le roman se termine dans un petit village perdu, où le météorologue amateur s'est retiré, satisfait des résultats obtenus et juste un peu déçu par le faible écho que leur publication avait suscité au sein de la communauté scientifique. À quelques pages de la fin, il meurt, par une journée de vent froid, après une nuit d'étoiles.

DU MÊME AUTEUR

Aux Éditions Gallimard

NOVECENTO : PIANISTE. Un monologue / *NOVECENTO. Un monologo*, 2006 (Folio Bilingue n° 141)

CETTE HISTOIRE-LÀ, 2007 (Folio n° 4922)

EMMAÜS, 2012 (Folio n° 5739)

MR GWYN, 2014 (Folio n° 5960)

LES BARBARES, 2014

Dans la collection « Écoutez lire »

SOIE (2 CD)

NOVECENTO : PIANISTE (2 CD)

Aux Éditions Albin Michel

CHÂTEAUX DE LA COLÈRE, 1995 (Folio n° 3848)

SOIE, 1997 (Folio n° 3570)

OCÉAN MER, 1998 (Folio n° 3710)

L'ÂME DE HEGEL ET LES VACHES DU WISCONSIN, 1999 (Folio n° 4013)

CITY, 2000 (Folio n° 3571)

NEXT. Petit livre sur la globalisation et le monde à venir, 2002

SANS SANG, 2003 (Folio n° 4111)

HOMÈRE, ILIADE, 2006 (Folio n° 4595)

Aux Éditions Calmann-Lévy

CONSTELLATIONS, 1999 (Folio n° 3660)

Aux Éditions Mille et une nuits

NOVECENTO : PIANISTE, 2000 (Folio n° 3634)

COLLECTION FOLIO

Dernières parutions

5799.	Sade	*Contes étranges*
5800.	Vénus Khoury-Ghata	*La fiancée était à dos d'âne*
5801.	Luc Lang	*Mother*
5802.	Jean-Loup Trassard	*L'homme des haies*
5803.	Emmanuelle Bayamack-Tam	*Si tout n'a pas péri avec mon innocence*
5804.	Pierre Jourde	*Paradis noirs*
5805.	Jérôme Garcin	*Bleus horizons*
5806.	Joanne Harris	*Des pêches pour Monsieur le curé*
5807.	Joanne Harris	*Chocolat*
5808.	Marie-Hélène Lafon	*Les pays*
5809.	Philippe Labro	*Le flûtiste invisible*
5810.	Collectif	*Vies imaginaires. De Plutarque à Michon*
5811.	Akira Mizubayashi	*Mélodie. Chronique d'une passion*
5812.	Amos Oz	*Entre amis*
5813.	Yasmina Reza	*Heureux les heureux*
5814.	Yasmina Reza	*Comment vous racontez la partie*
5815.	Meir Shalev	*Ma grand-mère russe et son aspirateur américain*
5816.	Italo Svevo	*La conscience de Zeno*
5817.	Sophie Van der Linden	*La fabrique du monde*
5818.	Mohammed Aissaoui	*Petit éloge des souvenirs*
5819.	Ingrid Astier	*Petit éloge de la nuit*
5820.	Denis Grozdanovitch	*Petit éloge du temps comme il va*
5821.	Akira Mizubayashi	*Petit éloge de l'errance*
5822.	Martin Amis	*Lionel Asbo, l'état de l'Angleterre*
5823.	Matilde Asensi	*Le pays sous le ciel*

5824. Tahar Ben Jelloun   *Les raisins de la galère*
5825. Italo Calvino   *Si une nuit d'hiver un voyageur*
5827. Italo Calvino   *Collection de sable*
5828. Éric Fottorino   *Mon tour du « Monde »*
5829. Alexandre Postel   *Un homme effacé*
5830. Marie NDiaye   *Ladivine*
5831. Chantal Pelletier   *Cinq femmes chinoises*
5832. J.-B. Pontalis   *Marée basse marée haute*
5833. Jean-Christophe Rufin   *Immortelle randonnée.*
    Compostelle malgré moi
5834. Joseph Kessel   *En Syrie*
5835. F. Scott Fitzgerald   *Bernice se coiffe à la garçonne*
5836. Baltasar Gracian   *L'Art de vivre avec élégance*
5837. Montesquieu   *Plaisirs et bonheur et autres*
    pensées
5838. Ihara Saikaku   *Histoire du tonnelier tombé*
    amoureux
5839. Tang Zhen   *Des moyens de la sagesse*
5840. Montesquieu   *Mes pensées*
5841. Philippe Sollers   *Sade contre l'Être Suprême*
    précédé de *Sade dans le Temps*
5842. Philippe Sollers   *Portraits de femmes*
5843. Pierre Assouline   *Une question d'orgueil*
5844. François Bégaudeau   *Deux singes ou ma vie politique*
5845. Tonino Benacquista   *Nos gloires secrètes*
5846. Roberto Calasso   *La Folie Baudelaire*
5847. Erri De Luca   *Les poissons ne ferment pas*
    les yeux
5848. Erri De Luca   *Les saintes du scandale*
5849. François-Henri Désérable   *Tu montreras ma tête au peuple*
5850. Denise Epstein   *Survivre et vivre*
5851. Philippe Forest   *Le chat de Schrödinger*
5852. René Frégni   *Sous la ville rouge*
5853. François Garde   *Pour trois couronnes*
5854. Franz-Olivier Giesbert   *La cuisinière d'Himmler*
5855. Pascal Quignard   *Le lecteur*

5856. Collectif — *C'est la fête ! La littérature en fêtes*
5857. Stendhal — *Mémoires d'un touriste*
5858. Josyane Savigneau — *Point de côté*
5859. Arto Paasilinna — *Pauvres diables*
5860. Jean-Baptiste Del Amo — *Pornographia*
5861. Michel Déon — *À la légère*
5862. F. Scott Fitzgerald — *Beaux et damnés*
5863. Chimamanda Ngozi Adichie — *Autour de ton cou*
5864. Nelly Alard — *Moment d'un couple*
5865. Nathacha Appanah — *Blue Bay Palace*
5866. Julian Barnes — *Quand tout est déjà arrivé*
5867. Arnaud Cathrine — *Je ne retrouve personne*
5868. Nadine Gordimer — *Vivre à présent*
5869. Hélène Grémillon — *La garçonnière*
5870. Philippe Le Guillou — *Le donjon de Lonveigh*
5871. Gilles Leroy — *Nina Simone, roman*
5873. Daniel Pennac — *Ancien malade des hôpitaux de Paris*
5874. Jocelyne Saucier — *Il pleuvait des oiseaux*
5875. Frédéric Verger — *Arden*
5876. Guy de Maupassant — *Au soleil* suivi de *La Vie errante et autres voyages*
5877. Gustave Flaubert — *Un cœur simple*
5878. Nicolas Gogol — *Le Nez*
5879. Edgar Allan Poe — *Le Scarabée d'or*
5880. Honoré de Balzac — *Le Chef-d'œuvre inconnu*
5881. Prosper Mérimée — *Carmen*
5882. Franz Kafka — *La Métamorphose*
5883. Laura Alcoba — *Manèges. Petite histoire argentine*
5884. Tracy Chevalier — *La dernière fugitive*
5885. Christophe Ono-dit-Biot — *Plonger*
5886. Éric Fottorino — *Le marcheur de Fès*
5887. Françoise Giroud — *Histoire d'une femme libre*
5888. Jens Christian Grøndahl — *Les complémentaires*
5889. Yannick Haenel — *Les Renards pâles*
5890. Jean Hatzfeld — *Robert Mitchum ne revient pas*

Composition Dominique Guillaumin
Impression Novoprint
á Barcelone, le 25 mai 2015
Dépôt légal: mai 2015

ISBN 978-2-07-045451-8 / Imprimé en Espagne.